赖寿华 著

新世界出版社
NEW WORLD PRESS

图书在版编目（CIP）数据

卑微者 / 赖寿华著. -- 北京：新世界出版社，2016.9
ISBN 978-7-5104-5953-5

Ⅰ. ①卑… Ⅱ. ①赖… Ⅲ. ①侦探小说－中国－当代 Ⅳ. ①I247.5

中国版本图书馆CIP数据核字(2016)第222176号

卑微者

作　　者：赖寿华
责任编辑：黄倩
责任印制：李一鸣　黄厚清
出版发行：新世界出版社
社　　址：北京西城区百万庄大街24号(100037)
发行部：(010)6899 5968　　(010)6899 8705（传真）
总编室：(010)6899 5424　　(010)6832 6679（传真）
http://www.nwp.cn
http://www.nwp.com.cn
版权部：+8610 6899 6306
版权部电子信箱：nwpcd@sina.com
印　　刷：北京亚通印刷有限责任公司
经　　销：新华书店
开　　本：880mm*1230mm 1/32
字　　数：186千字　　印张：8
版　　次：2016年9月第1版　2016年9月第1次印刷
书　　号：978-7-5104-5953-5
定　　价：35.00元

版权所有，侵权必究
凡购本社图书，如有缺页、倒页、脱页等印装错误，可随时退换。
客服电话：(010)6899 8638

[1]

"如果你忽然有了一百万,你会怎么样?"

乐队演出结束之后,动物世界酒吧里人渐渐稀少了。音乐是谢天笑的《剔剔牙》,声音正噪着呢。大龙一直拿着平板电脑玩游戏。音乐声渐渐降下来的时候,他忽然暂停了手中的游戏,表情异常窘迫,奇怪地问着那种不着边际的话。

"一百万?"

"对,一百万。"

狗屁问题。我呷了一口啤酒,靠在躺椅上,闭上眼睛,用脚在地上轻轻点了一下,竹躺椅随之发出"吱悠吱悠"的声音。这个时候,我需要的是啤酒,还有更噪一点儿的音乐。我需要被某种强大的或者不可知的东西淹没。谁有心思听这种闲话?

"我是认真的,问你话呢?"

不可知的事物总是带着神秘感,神出鬼没,它不会轻易到来。世界上大部分时候的谈话内容都是苍白的,人们一直以简单的方式无聊地重复着。你每天都要面对一大堆无聊的问题,就像你每天都要吃饭、睡觉一样。

"一百万？我什么也不干。就在这里，好好躺着，喝啤酒，看美女。"

大龙把平板电脑搁在红色的砖地上，然后拿食指顶了顶他的黑框大眼镜。两个娴熟的上顶动作之后，就将食指放在嘴唇的位置，上下翻动他的下嘴唇。

我真希望他的食指能用力一些往上顶，这样，他那宽大的嘴巴就可以闭上了。

不过，就让他瞎扯吧，反正我现在也没什么事干。这一扎青岛啤酒，已是第六扎。我开始感觉自己的身体有一些发飘。这是夏天里最舒服的一刻。当你喝得不多不少，正好到了那个点上的时候，你会觉得世界上无论什么事情，随便它怎么发生都可以，全都无所谓。上帝爱怎么出牌是他的事儿，和你一点儿关系都没有。你慢慢放松，抽上一根儿烟，再放松一些；然后，全世界就你一个人存在，就算上帝允许其他人同时存在，那也不打紧，因为他们全部加起来，都只是你的背景。

不过，这样的状态并不会持续很长时间，因为接下来没多会儿，你很快就会喝醉了。那个时候，你需要的也许是一个性感的靓妞，还有一张宽大的床。

酒吧里一个雌性动物也没有，连马丁养的狗都是公的。它机械地奔过去，将大龙抛出去的塑料盘子准确地接住，然后咬在嘴里，跑回来交给大龙；反复如是。它偶尔也会失手。塑料盘子掉在地上，这小子冲将过去，便咬起盘子，气急败坏地抖动浑身的毛，变得更加躁动。

音乐变成左小祖咒抒情而沧桑的《乌兰巴托》，不过马丁将声音调得很低，低到你想将耳朵贴到天花板上那对雅马哈音响上去听。

也许是重金属演出把音响的精力也耗尽了吧，它确实也该歇歇了。左小祖咒一贯满不在意的跑调的抒情低音，显得更加摧枯拉朽。

这不是一个适合谈话的时间段。天上掉下来一百万这种傻得十分无聊的话题，谁有心思听呢。

"那钱花完了怎么办？"

"什么？"

"一百万花完了怎么办？"

大龙把平板电脑抱在胸前，双手交叉，像抱着自己的孩子。

"抢一把AK47，够胆儿就往银行里冲，再拿他一百万。不够胆儿的话，朝着自己的脑袋'轰'的一声，见鬼去。"

"说正经的，有没有什么别的办法？"

"说不准你命薄，活不到把你的一百万花完的时候呢，瞎操什么心呢？"

"说的也是。可是万一我命大，活到那个时候了呢？"

"很简单。看对面，走到超市里去买两根面条，往这边的柏树上一挂，上吊喽。"

"呵呵，不如扯几根面线呢，更细更脆一些。"

"死很容易，通往天堂的路只有一条，但是通往死亡的道路有千万条，随便你。"

大龙又松开自己的手，将平板电脑摊开，放在膝盖上。现在，他玩的是僵尸游戏，从那有点儿哥特风格的背景音乐可以听得出来。我又呷了一口啤酒。这是今天晚上的第七扎啤酒。我感觉自己的耳朵开始随着《乌兰巴托》的音乐缓缓上升。我感觉不到耳朵的存在了。

"要是能把耳朵贴在墙上就好了。"

"你说什么?"

"要是能把耳朵贴到天花板上就好了。"

我靠在冰凉的竹躺椅上,轻轻地用脚点一下地,椅子继续晃动着。要的就是这个节奏。

"我跟你说真的呢。花完一百万之后怎么办啊?"

"花完就去死。"

"其实,我也真不知道一百万怎么花。那时候不能赚青春饭了。"

这个蠢货,为什么不被游戏里的那一大波僵尸吃掉?他跟你说话的时候,手指还在屏幕上移动着。他一个劲儿地问你话,头也不抬,根本不考虑你是什么感受,爱不爱听。

"你为什么没被僵尸吃掉?"

"什么?"

"你脑袋被豌豆射手轰过是吗?就你这样子,还想吃青春饭?你瞧这动物世界,连条狗都是公的,你还想在这个城市挣到青春饭?"

"那怎么办?"

"还有一个办法,找到阎王爷,让他再给你一百万。"

"阎王爷手里只有冥币啊。"

"只有阎王老子才肯给你发一百万。"

啤酒只剩一口了。这该死的,只要他再敢提一次那该死的一百万,我就把这最后一口啤酒从他头上浇下去。

这个蔫不拉唧的家伙,为什么不老老实实玩自己的游戏?僵尸们进攻无望?这种不需要多少智商的游戏,幼儿园小朋友最喜欢。他空出时间,朝马丁挥了挥手,打了个"V"字形,意思是要两扎啤酒。他终于有点明白我是多么的不耐烦。马丁把啤酒递给我们，就又进去招呼他的客人了。

"我跟你说认真的。"

"什么？"

"一百万……"

"你丫的该死的一百万。"

"我说的是认真的。"

"我也是。而且看在这扎啤酒的份儿上，哪天你见了阎王爷，我给你烧一百万！"

我从躺椅上蹦了起来，将满满的一扎啤酒浇在他的头上。

[2]

从ATM机上取出最后一笔工资，我将一万块钱存入母亲的卡里。

"这是你的老婆本，"母亲每次在电话里都这么说，然后紧接着就是，"儿子啊，你老大不小了……"

我知道母亲接下去还会说些什么话。我把银行卡号的号码从尾数倒过来核对了一遍，按下确定键。

取完钱，我又去了一趟中山街的大上海理发店，把头发理了个精光。

从理发店里走出来的时候，已经是中午了。长期的失眠使我不得不取消午睡。不过，这个时候倒是惬意。虽然街道两旁的榕树根须和叶子都很茂密，不过穿过榕树茂密的叶子和枝干的细碎阳光，打在我的光头上，还是能感觉到夏天的到来。街上的小姑娘们已经穿上裙子了，勇敢一些的，已经开始穿短裙了。

我长舒了一口气，这下子终于舒坦了。想想上一次将头发理干净，还是领研究生毕业证书的那一天。上学那一阵子，我连续理了七年的光头，换过七八顶绣有五角星的各式各样的帽子。学生时代，我们特立独行，做什么都想着不跟别人一个步调，怎么舒服怎么酷就怎么来。

可是，多么遗憾啊，多年过去，你还是那样一个人，一点儿所谓的进步和变化都没有。想象中的变化并没有如期而至。他们说自己找到了活着的办法和规则，可是我无所发现。生活和历史一样，被某些哲学家和假道学家说成是有规律的，是被安排的，是伟大的意志。但是，偶然性却时常调侃着历史。一匹马、一杯酒，或者是一碗面条，都可能改变人类历史。生活的道路同样不见得是有规律可循的。找到规律的是那些该死的成功学。

[3]

"你在哪里？"

"中山街散步。"

"你终于也有空闲大白天的在街上散步了。"

"是啊。"

"身边有没有姑娘？"

"没有。"

"没出息。连个姑娘都没有,散什么步啊?"

为什么在大街上散步非得有一个姑娘呢?这个问题在和前女友分手之前,我也想过。一个大男人在热闹的街市上散步,又有什么不可?

是啊,我已经获得了悠闲,为什么还要一脸阴沉。没有人得罪我啊,也没有什么苦大仇深的事情已经发生或者即将发生。人就是这样的怪东西——当你累得跟狗一样趴在地上喘气的时候,你怨天尤人,陷入恐慌;当你闲得无所事事的时候,你却同样六神无主,时常感到恐惧和焦虑。

摸着自己刚刚刮过的光头,看着街上晃晃悠悠的少男少女,我倒觉得这是一个十分惬意的季节,连路边那些已经毫无用途的呆头呆脑的 IC 卡电话亭,看起来都蛮可爱的。

"上来吧,我们在清源山上喝茶,有重要的事情找你谈。"

事实上,我和马丁见面的次数虽然不少,但我们的谈话倒是不多。每次见面都是在他的动物世界酒吧里。人们相互认识,不一定非得相知,保持一定距离或者相忘于江湖,也是一种良好的生活状态。不是吗?我只知道马丁是画画的,长着一张瘦长的马脸,至于是不是姓马,也不知道。在这个城市里,被归类为文艺青年的,大概只有几个混得比较差的画家,还有那些搞摇滚乐的穷光蛋。

我既不画画,也不搞摇滚乐。我也不知道为什么跟这些人混在一块儿。事实上,我们偶尔在动物世界酒吧见面,相互之间也只是混个脸熟罢了。大家都有个外号,某些正式场合上见面,互相都叫不出真名来。这样挺好,你不怎么搭理我,我也不怎么搭理你。

"你看我开着这么个酒吧,穷耗着,真不知道折腾个什么劲儿?"只有在喝多的时候,马丁才会这么说。他很少喝多,不过,每次喝多了都会这么问我。

只要是清醒的时候,马丁倒是没有这样的疑问。他给乐队们提供免费的排练和演出场所,有时候甚至搭上免费的酒水。据说他拥有一个自己的画室,晚上经营酒吧,白天就蹲在他的画室里,基本不出门。此外,对于他的个人生活,我也一无所知。事实上,我对大部分人的私人生活都缺乏兴趣。由于刚刚辞掉的那份工作过多地介入了别人的私人生活,我对发生在别人身上的好事和坏事,都失去了兴趣。这个世界上有些人很犯贱,你明明过着好日子,却因看着别人的房子比你的大,别人的老婆比你的漂亮,然后就每天垂头丧气、怨天尤人。所以你的欲望产生了,膨胀了,你希望自己介入别人的生活,你希望自己获得更多。你是一个攫取型的男人。

"我们是服装厂的工人。我儿子得了白血病,没有钱医治了,生命垂危,恳求帮忙。"

"我结婚三天,我老婆就把钱全部卷跑了,人也失踪了。"

"江府大桥有两名乞丐拦车乞讨,十分危险。"

"我老公每天都在外面乱搞,一个星期都不回家。你们能不能曝光他一下?"

"星光大桥下面有一个女疯子,在大街上裸奔,还拿石头砸人。"

"我去按摩店按摩,感染了艾滋病。"

……

诸如此类的信息,我每天都要接到几个,然后选择其中的一两个,去了解情况。采访、拍摄、写稿、编片,制作成像模像样、四平八稳的新闻播出。

每天都干同样的事。但我知道,这只是工作,是劳动。作为一个三餐能吃饱的不太合格的劳动人民，我没有权利喜欢或者厌恶。这就是劳动，只是劳动，它是你生活的一部分，跟你的喜好无关。

一开始你可能觉得新鲜。可是如果一到夏天，你每天都得顶着大太阳去池塘里寻找被淹死的小孩；一值夜班，你就得去拍那些被轮子碾压成几块的大腿和手臂，以及只剩下一半的脑袋……如果每天你都在干这些事，你会疯掉的。

再如果，一旦遇上全国卫生检查的时候，你可能坐在一辆奔驰商务车上，提着价值二十几万的摄像机，满大街去寻找蚊子和垃圾。因为上级的要求和新闻采访的任务，你看到一堆恶心的、夹杂着尿骚味的隔夜垃圾，还得表现出精神振奋，满心欢喜，因为你完成了一项不得不完成的工作。这时候，你会觉得这个世界真的太滑稽，而你就是这个伟大的滑稽小品的表演者之一。

事实上，只要干上三个月，你就不需要吃一颗速效救心丸或者安眠药，很快你就能不带任何情绪、按部就班地完成任务，而且面对各种复杂、悲催的事情都可以心静如水、心安理得。你完全可以调好焦距，把死者被分开的整条手臂和半根大腿故意拍得模模糊糊，你完全可以只闻到地上那些血腥味，而不去专注那些残存的尸体。你完全可以达到职业殓尸员那样的水准，套上塑料手套，用一个透明的塑料袋迅速将尸体套进去，然后把剩下的残肢断臂一根根扔进塑料袋里，最后动作娴熟地将封口系上。整个完整的工作程序只需要三四十秒钟。

事实上，不单单是我们，120的护士小姐也训练得非常专业。她们认真敬业地给下半身全部都是血水的伤者输液，毫不害怕伤者满是血水的大腿和腰。对于这样的交通事故中的伤者，救死扶伤只是出于人道主义。

这是工作上常见的事情。事实上，我对这些事情并没有完全失去兴趣，偶尔也还能获得一点儿新鲜感。可是，这个工作耗费了我太多的时间和精力。我告诉自己，这就是劳动，劳动的同时，它是一个交易。这跟你的个人喜好没有关系，只是和你的生活和你对生活的认识有点关系。仅此而已。

但是，你不能没完没了地干同样的事情。

"你永远有做不完的事，"我相恋三年的女友分手前，哀怨地对我说，"我希望以后见到你，可以听到你微笑着对我说，我今天闲得很，什么事也没有，我现在很享受这样的悠闲。"

我现在是一个闲人了。但是她已经无所谓我的悠闲了。她找了一个比我更没有时间陪她的钻石王老五。尽管她知道，这个王老五已经有了老婆和两个儿子了。她说，一切都是我的错，是我将她带到生活的另一个极端。然后她又说，也不对，是她自己把自己逼向这个极端的。

分裂——这是活在这个时代必须正视的现实。谁的生活不分裂？希望她会喜欢自己现在的这个极端。

"来这里吧，清源山上风很大，吹着很舒服。"

"我还想在街上多逛一会儿，你们喝吧。"

"真有重要的事儿。"

马丁找我能有什么事呢？说实在的，和这帮人认识到现在，都没有和他们谈过一件所谓的重要的事儿。在动物世界酒吧里面出现的家伙，大都是想法太多，钱太少。日常生活中要和他们谈点什么呢？

不过，马丁不是一个随便开玩笑的人。

"你的酒吧又被楼上的住户投诉了?"

因为办过一些重金属演出,马丁的酒吧确实被附近的居民投诉过几次,不过每次他都有办法摆平。之前有媒体要曝光他的酒吧,他也给摆平了。

"我已经不在电视台上班了。"

"什么?"

"我辞职了。"

"哦。不是我的事,最近没有人投诉动物世界酒吧。是大龙的事,他找你。"

我和大龙在工作上接触过几次。他在网络公司上班,有一个网络俱乐部,俱乐部的活动也经常在动物世界酒吧举行,成员大都是一些伪朋克小青年,或者闲着没事的家庭主妇。我和他第一次见面是关于一只小猫的无聊新闻。小猫是他们网络俱乐部的人捡到的,他通过网络的人肉搜索方式,替小猫找到了主人。之后,他又通过同样的方式为几条小狗找到主人。此外,大龙曾经小有名气,因为他通过包括人肉搜索在内的各种方法,为一位台湾朋友找到了失散几十年的亲人。最近的一次是为一位东南亚老华侨找到了内地的亲属。不过得到报料之后,我觉得反反复复都是这种新闻,就没有什么兴趣了,因此也没有去找他。

在他们那个俱乐部里,像大龙这样的愣头青还有几个。不过他那副四五百度的黑框大眼镜,以及常年穿着得一模一样的斑斑点点的大花裤衩,还是给人留下了深刻的印象。他把那条斑点裤叫作"精子裤"。

怎么说呢?他有一张大嘴巴,不过总体上呢,有一点儿忧郁,总是埋头玩着游戏,有时候是用手机,有时候用平板电脑玩。反正只要他那大屁股往凳子上一坐,他的游戏人生就开始了。和他坐在一起,我还是希望他永远埋头玩游戏,或者正忧郁着不说话,因为他那大嘴巴一张开,净是些无聊透顶的问题。

这么好的天气,我可不想去见一个穿"精子裤"的无聊的家伙和那个马脸男人。我想一个人多待一会儿。那么多年来,我一直没有好好跟自己多待一会儿,没有好好跟自己处得好一点儿,这就是我最大的问题。

可是,怎么样才能和自己和平相处呢?

就是看看街上刚刚换上夏装的新鲜美女,也比上山去见两个无聊男人好多了。

"我一会儿打算去骗两个小姑娘一起散步,你们自己玩吧。"

身边刚刚经过两个洒满香水的女孩儿。我已经很久没有闻过这么好闻的香水味,还是夹杂着新鲜空气的香水味儿。我把电话挂了。

电话马上又响了起来。香水味慢慢消失。所有刺激性的味道和事件,很快都会消失。

"真有事,挺重要的。"

"那就在电话里说吧。"

"不行。我想这件事还挺有趣的。"

"你们感兴趣的问题我不一定有兴趣,电话里说吧。"

"能在电话里说吗?……电话里说不清。"马丁大概是征求了一下大龙的意见。

"一定要现在吗?"

"一定要现在吗?……他说是的。"

我知道,这个时候的大龙大概是忧郁的。

和我对话的好像是一台马丁牌复读机。每回答我的一个问题,马丁都要向他重复一遍。听马丁那有点儿调侃的语气,好像真有什么有趣的事情,而且和我有关。我可以想象,他那张瘦长的马脸露出微笑的时候,嘴里那一排黄色的马牙,一定像骷髅头一样,连牙龈部分也露了出来。

"直说吧,是不是大龙想找我报仇?我那天是淋了他一扎啤酒。"

"不是。"

"是你就直说,哪天去动物世界酒吧我让他报仇。"

"真不是,你快上来吧,大家等你呢。"

"可是我实在不想上山。"

一想起在这么好的天气里,要去见一个马脸的家伙和一个穿着"精子裤"的忧郁的男人,实在提不起什么兴趣来。

"好吧,除了这件重要的事之外,晚上到动物世界酒吧,我给你介绍一位会弹吉他的小姑娘,当作弥补你白天没有时间泡妞的巨大损失。"

[4]

"有一笔生意,二十万,你赚不赚?"

带着大墨镜的马丁,说话时只有那张尖尖的嘴巴在动,整张脸像是一只瘦长的低音炮,眼睛和脸部的肌肉什么动作也没有。他难得有点幽默感的时候就是这种表情。

"二十万啊,兄弟。"

"什么二十万?"

"天上掉下来的馅饼啊。"

"万一天上掉下来的不是馅饼,而是铁饼?"

马丁摘下墨镜,表情一下子变得丰富起来,嘴唇两边各两条特有的瘦马脸纹理呈现了出来。

阳光静好,有鸟鸣。我环顾了一下四周。这是山顶上一个绿树掩映的露天泡茶场所,茶几和凳子都是竹子做的,所以周围除了清脆的鸟叫之外,就是"吱悠吱悠"的声音。每一个茶几底下,都有一个烧开水的酒精炉子,水都是烧开过的,装在暖瓶里,酒精炉只是起到加热作用。地板被扫得干干净净,偶有微风拂过,也没有半点儿灰尘扬起。虽然不是周末,但这里爬山的人还真不少。这个城市什么时候有这么多闲人?我以前为什么没有发现?坐在一旁喝茶的,大都是一些体态臃肿,穿着运动服的人。无论男女,一个个都大腹便便。不消说,这些人都是本地民营企业的老板。间或有一两个穿着妖艳的美女,一眼瞧去,她们姣好的容颜写着些许秘密。阳光对人类的分配最公平,树荫底下才有秘密存在。

"杀人放火?"

"咱们正经人家,哪儿会让你干那档子事。"

"把我叫上来不是拿我寻开心的吧?"

"哪里啊,让大龙自己跟你说吧。"

坐下来好一会儿了,大龙除了打了个招呼外,什么话也没有说,倒好像是马丁找我过来谈事的。他正襟危坐,煞有介事地泡着铁观音,不时拿起白瓷茶杯的盖子,闻闻茶叶的香气。闻完又用杯盖挤压茶叶。他装得跟茶仙似的。其实用杯盖挤压茶叶,很容易将茶的涩味一起挤出来,茶汤容易变涩。而且茶香要闷一会儿才会出来。大龙虽然装得很投入,正襟危坐,可是头倒是不时微微低垂着。他并没有一直玩游戏。

"还是你替我说吧。"

我忽然莫名其妙起来,虽然我们之间也可以算是熟识了,属于话不多但是心照不宣的那一类。

"这家伙刚刚失恋,别理他。"马丁给我拿了杯茶,又给自己拿了一杯。

"谁说我失恋了,是我甩了她。"大龙连说这句话的时候,声音都像是在赌气。他本质上还是一个孩子。看来这孩子也许真的失恋了。

两个人待一块儿,谈什么谁甩了谁呢?处得好就继续一块儿待着,处不下去了就各玩各的。在谈恋爱这回事上,我跟这茬儿小伙子没有什么可以聊的。这也是我跟他们没法经常在一块儿玩的原因之一。因为除了喝酒、打游戏和谈恋爱之外,我不知道还有什么可以和他们深入交流的。而这三个我一个都不擅长。谈摇滚、诗歌、小说、书法或者记者工作?除非我有病。

"这是我的新女朋友。"这是每次在动物世界酒吧见到大龙的时候他最常说的话。每一次他带女孩子到动物世界酒吧来,都是这么给别人介绍的。就算带着一起来的是三个姑娘,他也会分别这么介绍。谁是他的女朋友?这个我们弄不清楚。爱情本来是私密性话题,别人的爱情我更没什么兴趣。我可不希望这么好的天气,跟这帮小伙子们谈论这个话题。如果他们叫我来是聊这个的话,我想,我该走路下山了。天气这么好,哼着曲儿晃晃悠悠下山,也不错。

接下来大龙像没事人儿一般泡着茶,只有马丁跟我一边品着茶,一边交谈着。

"大龙有一个网络俱乐部的事,你知道吧。"

015

"怎么了?"

"他前一段时间为一个印尼老板找到内地亲人的事你也知道吧。"

"嗯。"

"接下来有个事儿你得保密。"

"……"

"那个印尼老板给了他一百万现金。"

我转过头,看了正襟危坐的大龙一眼。他抬起头,面无表情地点了点头。好像那一百万是别人的,和他没有什么关系似的。

"你那天酒吧里问我的一百万的事是真的?"

大龙只是点点头,随后拿起一杯茶,若无其事地喝了一口。看来我在酒吧里浇了他那扎啤酒,确实是错怪他了,有点过分。

"大龙,对不起。"

"什么?"

"那天我不该浇你啤酒。"

"没事。"

说完没事,他就继续低着头,关注地上的蚂蚁。他不断用手指挡住一只蚂蚁的去处,弄得蚂蚁很焦躁。也许还有恐惧吧?这么微小的生物,我们只能从它的行动轨迹判断出它紧张的处境,但是它的内心是怎样的?有没有恐惧?它们是怎么谈恋爱的?……

"那个印尼老板据说是国际上某个商业领域的巨头。"马丁嘴巴笑得咧开了,他那张尖尖的嘴巴,正好可以塞进去一个棒球。

我转过头对着马丁。我知道发财的大龙好像不想说话,因为他又把头低下去了。他开始对付第二只蚂蚁。他和它们应该没有冤仇,我看他也没有打算消灭它们。

"那，你找我过来不是要告诉我大龙打算把他的一百万匀出百分之二十给我?"

"美得你。"

"那是什么事?"

"他有一个线,可以赚二十万。"

"干什么事?不是杀人放火吧?"

"不开玩笑了,是一对安徽夫妇要找他们在泉城丢了十六年的女儿。"

说着,马丁将手上的平板电脑递给我。他打开的是一个QQ号码,正是大龙他们玩的群。

"我们来自安徽,十六年前在江府县小楼村打工,把女儿送给一对本地老夫妻。如今回来找不到人,请群主倾力帮忙,定给酬谢。"

"这种好事为什么不自己做?"

"不想做了。"

"一百万花完了,不是还有二十万吗?"

"我有一百万就够了。"

大龙没有谈兴,头又低下去了。他又打开了那该死的僵尸游戏。该死的哥特背景音乐!他属于那个类型,在虚拟世界里,生龙活虎,话匣子一打开,就倒不完。但是现实中,看起来是一个大闷棍,宅男,蚊子叮了、狗咬了也不喊疼这一类的主儿。但是他要么不说话,要么冷不丁就冒出一句损人的刻薄话来,逗得大家乐呵呵。他在那些论坛和QQ群里影响很大,网友众多。

"哈哈,大龙他真的失恋了。"

"狗日的!挣这么多钱,活该他失恋。"

"哈哈，没错，得财失爱，这世界挺公平的。"

"该死的，我当时失恋的时候怎么没赚到一百万。"

"羡慕吧？人家有一百万的安慰费。"

马丁转过头，把他的马脸拉得老长，朝大龙做了一个鬼脸。他对大龙喊了句"我实话告诉他了"，然后又朝我微微一笑，继续他的话题。

大龙一手拿着一杯茶，一手将平板电脑抱在胸前，动作看起来让人很不顺眼。我忽然发现他的动作和表情太中性了，平板电脑就顶在他的下颚上。他若无其事，好像没有听到马丁的声音，好像我们说的话，和他没有半毛钱关系。他的眼睛盯着对面的一对小男女，他们在那里无聊地追着跑着逗着，从一棵树，绕到另一棵树，和肥皂剧里的男女们一样。

"他给你多少钱，把你变成大龙牌复读机？"

"钱？我是这种人吗？"

"你是。如果是我，就狠狠敲诈他一笔，趁他的钱还没有被女朋友们骗走之前。"

"说得有道理，以后一起坑他。说个乐子，这家伙，失恋的原因是用了人肉搜索，太无聊了，他竟然用这个对待他女朋友，谈了六七年的女朋友。结果，她女朋友小的时候，吃了太多养殖的海鲜很早就来月经，连这种事都搜索出来了，更不消说他女朋友之前有多少个男朋友之类的。"

"最后呢？大龙受不了，就和女朋友分手了？"我打趣道。

"哪里啊，他是被人甩了。你不懂，在网络上随便人肉搜索人家，是极其不道德的。谁没有个隐私啊？"马丁说这话的时候，倒是一脸严肃。

"他怎么道歉也没有用。女孩子受到很大的伤害,因为她在小学的时候,那种农村小学,遭无良老师猥亵过,后来没办法,不得不转学。连这种人家心理的创伤,甚至是伤疤,他也给人家人肉出来了。坦白说,大龙这么做,挺不道德的。他也知道自己的错,但是很多东西没办法挽回了。他原来在网络圈里的地位,也一落千丈。"

"这么严重啊。"

"他前几天去关帝庙,燃了香,发誓好好改造自己,再也不在网上玩人肉搜索。他把俱乐部也解散了,网络公司的工作也辞了。"

"然后,他就想把这个找人的烂摊子甩给我?这种事只有他们那个喜欢玩人肉搜索的群干得了。"

"你是记者,肯定有办法。"

"可是我也已经辞职了。"

马丁和大龙一听说我辞职了,觉着有些不可思议。在他们眼里,我有一份不错的稳定工作,事业单位,收入有保障。生活得也可以,也算体面。平时也玩得放松,看起来自得其乐。他们不可思议的表情并没有增加我的虚荣心,这本来就不是一件什么牛×的事,不需要挣扎和预谋。我和大龙一样,辞职了,暂时获得自由。只不过我没有愚蠢地去关帝庙发什么誓。我没有犯什么大不了的错误,也不需要宽恕。我需要的是时间、悠闲,需要到水面上透口气。我知道辞职了以后,我还需要干点别的,我还得生活,好好活着。就算一个人活着,也得活出个样子来。我的意思是说,活出自己想要的那个样子来。

哪一天混不下去了,就是去扫大街,我也能接受。生活很现实,这个我知道。我现在只是需要一点儿时间,让自己跟自己玩一会儿而已。

不过，我倒是希望有一百万。那样我就可以撑很久，可以玩得更放心一点儿。江山风月无常主，有闲的人才是幸福的人。我确实需要一点钱，来维持目前的生活。

"真的辞了？"

"辞了。"

"辞了也没关系，你以前认识的人也多，肯定有办法。"

"我打算过些天去北京或者随便一个什么地方走走。"

"你至少见一下那对安徽夫妻再做决定吧？"

"这种事情我做不来。"

"二十万！"

"而且，我也和大龙一样，失恋了。"

事实上，我需要钱，越多越好，但是不是现在。现在，我不希望任何压力和诱惑来打扰我。我好不容易从一个牢笼里跳出来，没有必要那么快再次跳进去。

"你那天如果告诉我你真有一百万，我就不往你头上浇啤酒了。"

"没关系。"

"真的。那天我以为我们得干一架了，我做好了心理准备。"

"真的没关系。"

"人犯一点儿错误，也没什么大不了。人被伤害和伤害别人，确实不好。但是当你认识到你在做的是一件对别人或者自己有损害的事情的时候，你不要狡辩，态度诚恳地认错，就没事了，天地就宽了。这世界，每个坦诚善良、有道德底线的人，都会被原谅。至少时间它会这么做。"

"谢谢你。"

"下次我让你浇一扎啤酒,我出钱。"

"没关系,不用,真的谢谢你。"

[5]

"阿姑好。"

"阿弥陀佛,施主好。"

"最近孩子们还好吧?"

"还不错。那几个大一点儿的已经能帮我照顾那些小的了。不过,前几天,又来了一个。"

"多大啊?"

"还得喂奶粉,生下来没几天吧。但是送过来的时候满嘴都是血。"

"为什么?"

"嘴巴里有一颗牙齿。按理说,小孩子生下来至少也要六七个月才长牙齿的。"

"哦,这样啊。"

"问题就在这里。我们附近的村里流传一种说法,还没有生下来就长牙齿的小孩,是妖怪投胎转世的,将来会坏大事。"

"妖怪?"

"而且你想,长牙齿了以后不好喂奶呢。"

"哦。"

"所以他们就拔了她的牙齿,然后把她送到我这里来。"

"出生没几天的孩子就拔牙？……"

"送过来到现在，就一直在发烧，今天好点儿了。"

"送医院了？"

"已经出院了。"

"哦。"

"小孩子长牙的时候很容易发烧。你不懂这些吧？"

"这样啊。"

"还好，佛祖保佑，这位小施主除了牙齿之外，身体其他方面都是健康的。"

"那太好了。"

"对了，你有一段时间没有来了吧？孩子们念叨着跟你学书法呢。"

"我去了趟外地。"

"难怪。你先去跟孩子们玩会儿，我去看一下发烧的小施主。你中午就在这里跟我们吃斋饭吧。"

"不了，我跟他们聊会儿天就走。"

阿姑不再客气，她转过身朝半月庵的附属楼走去，那是尼姑们的起居室。

要是我没有记错的话，加上这名刚被送来的女孩，半月庵到现在应该抚养了二十一名弃婴了。刚走进庵内的大厅，孩子们就微笑着向我问好。除了个别的脑瘫和小儿麻痹症患者之外，他们看起来一个个都十分健康。

大概从参加工作的第二年开始，我每个月都要来半月庵一次，除了教孩子们用毛笔抄写佛经之外，就是给半月庵添一点油。半月庵的师太是本地人，讲闽南语，她没有读过书，通过自学认得些字，普通话也说不好,只能用闽南"地瓜腔"跟她沟通。

"我只想养着他们,像家长一样。我现在就是他们的家长。我不允许他们任何一个把孩子带走。"

当时,我去采访阿姑的时候,她一脸严肃。门口围着七嘴八舌的几十名群众,大部分是自己不能生育的,或者儿女不能生育的家长,都想把庵里的小孩领回家去。我知道,对于这些渔民们来说,只要阿姑一点头,他们就会冲进来,把所有健康的孩子全都抢走。回家后,他们还会把孩子们带到医院做检查。孩子们一有什么病症,他们就会把孩子送回半月庵来。如果孩子是健康的,他们会把孩子留下来,也许会当作自己的孩子一样养着。

"你不觉得把孩子让附近有爱心的村民们领走更好?"我把话筒递过去的时候,一点儿也没有意识到这个问题是多么不专业,不懂世事。

"也许吧。但是他们现在是我的孩子,由佛祖眷顾,佛祖保佑着。我以前也把孩子们送给过这些好心的施主们,但是他们一有点儿事,就又被送回来了。我是这里的家长,我必须对所有的孩子负责。我已经老了。半月庵得后继有人。"

我一时哽咽。作为一名刚刚当上记者的年轻人,我那时候的心肠还不够硬。作为一个对世界所知甚少的小青年,我看着院子里东倒西歪的孩子们,一时不知道该问她些什么话题,眼泪瞬间就流出来了。

"你不相信政府吗?"问完之后,我发觉自己的问题实在傻透了。

"这里面有三四名女婴,就是民政局送过来的。他们也没有收养这些孩子的场所,要不然我就不用这么辛苦了。"

我知道，这个县的民政局并没有福利院这样的机构，弃婴送到其他县的福利院，人家又不愿意接收。

"那孩子以后越来越多你怎么办？"

这一带重男轻女的现象很厉害，为了要一个儿子，溺婴事件以及各种不可思议的事情层出不穷。你不得不相信，在一个新生命面前，人类的心肠多么可怕，他们为了要一个男孩，心肠可比石头还硬，下手也可以很残忍。

大概十四五年前吧，不断有重男轻女的本地人将女儿送到半月庵门口。之后阿姑就这样收养了许多小姑娘。尼姑庵本来可以有一些活动方面的收入，不过由于阿姑本人不擅经营，或者不愿意经营吧，半月庵显得有些萧条。随着孩子们越来越多，阿姑除了有限的念经时间之外，看起来更像一个纯粹的农妇，整天都泡在农田里。

"我也不知道。我现在的希望是，孩子们有地方读书，能够有正常的学籍和户口。"

县城里的民政部门没有相配套的社会福利机构，政府部门也没办法，谁也不愿意站出来解决这些问题。弱势群体的问题在我们这个蒸蒸日上的社会里，声音细微。新闻持续的追踪报道，社会反响很大，县政府迫于压力，不得不组织几个部门一起协调，给所有的孩子们上了户口，给他们补了学籍，并且每个月按时给他们发放农村低保。新闻报道持续了两个月时间，由于更多的社会关注，期间又有三个女婴被送来半月庵门口。也有一名女婴因为病毒性脑膜炎医治两个月无效而夭折。

"你还是多待一会儿，和她们一起吃完点心再走。静宜已经蒸好馒头了。"

"那好吧。"

静宜是里面最大的孩子,今年十五周岁,已经能帮师太照顾小一点的孩子了。

给孩子们上了大约一个小时的唐楷佛经抄写课,往添油箱里放了一千元之后,我跟孩子们一起吃了两个馒头,喝了一碗莼菜汤,就告别了阿姑和孩子们。

[6]

从半月庵回来的时候,已经是傍晚。我去了一趟银行,取了些钱,顺便查了一下自己的存款,然后往母亲的借记卡里存了一万块钱。

我想,我该给她打个电话了。虽然和女朋友分手了,离花掉母亲为我准备的那笔存款的时间,还不知道要多久。

"最近新闻上怎么没有看到你的名字?"

"我现在换了岗位,做编辑策划,不外出跑了。"

"这个工作会不会比以前更忙啊?"

"不会,和以前一样。"

"我知道你很忙,不过,别忘了交女朋友。"

"我知道了。"

"我替你存的钱……"

"我知道了。"

我打断了她的话。我知道她接下来要说的是什么。

"那好吧,我知道说这些你心烦。跟你说点别的,我在东海湾新区给你定了一套房子,定金已经交了。"

"啊?"

"反正你有公积金。房子不大,一百平米,我给你算了一下,刨掉我替你存的五成首付,每个月只要供两三千块就可以了。"

"能不能……"

"十万抵十五万,划算。十万块定金我已经交了。我用的你的身份证号码预定的,你哪天过来我这里拿一下定金的单子,自己过去看一下。那个房子靠海,我看着挺合适。你不是从小就喜欢海吗?"

我知道说什么也没用,我就要拥有一套房子了,成为这个城市的主人。我是该高兴吗?

我必须接受。能怎么样呢?我总不能告诉她,我把工作辞了,然后接下来我什么打算都没有。辞职之后,我就决定和以前一样,每一个季度往她的借记卡里存一万块钱。有一些事情是没有必要跟你的长辈甚至是朋友说的。这个世界的大部分事情,都得你自己静静地去想,悄悄地去做。然后,这样才不会有很多人每天都指着你的脑袋说,请你务必向左转,请你一定向右转。事实上,往哪一个方向,哪一条路是不能走的呢?哪一条路最后不都是通向同一个地方?但是你不能这么表达,那样太唐突了。每个人都那么辛苦和努力地生活着,你不能故作潇洒。你不能每天看着大家都埋头苦命干活,然后你什么事也不干,在那里晃悠。这样他们就要站出来教育你。你也不能把你的想法告诉他们,你会吓到他们。这个世界,你必须得有所保留,只能对你的朋友道出其中的一部分。不是因为你不信任他们,这是生活的规则、秩序。你只要不存害人之心,你就坦然地活着,保留自己的空间,你才不会被别人推着向左转向右转。路是你自己的,谁也没办法替你走。就是跪着,你也得走完它。这就是命。上帝派你来这个世界，就是要你好好走完它。

这就是生活，老老实实地干下去，过下去，这才是常规的。你没有办法变得强大，就不要以强大的逻辑生活，要听生活的教育，按它的要求办。似乎这样你就会好一点儿了。但是我知道，我不行。我越是听从它的声音，我闭上眼睛的时间就越发恐惧。我告诉自己，离开它，离开这个纠结的生活。但是这个声音就像泥潭一样，让你在呼喊的时候越陷越深。

我知道，要是听说我把工作辞了，母亲要说的话还会更多。

[7]

出去走了两三个月，每周还是可以接到马丁给我发的酒吧演出信息。不过，今天晚上的演出活动有个怪名，叫"颓废的星期天"，据说是本地乐队的演出。根据惯例，演出结束，还将由观众们评选出本土"年度最颓废的乐队"。

动物世界酒吧的声音很噪，一听就是重金属乐队还在演出。我以为九点多了，这样的演出该结束了。由于音乐扰民，一般这种金属乐队的演出，马丁都安排在前面，后面是适合喝小酒的民谣时间。

鼓手和长头发的男主唱在台上声嘶力竭，一直唱到躺在地上瑟瑟发抖，就像搞行为艺术一样。年轻人有太多的力比多，需要宣泄。宣泄的方式有很多，嘶吼，暴力，性爱，喝酒。嚎叫也是不错的方式。台下的听众很high，逐渐有人围成圈，当那蹩脚的闽南语主唱再次嚎叫起来的时候，听众们就pogo起来了。

"永远年轻，永远热泪盈眶。"酒吧的墙上贴着这样的话语。

我要了一扎青岛啤酒，坐在角落里。

四五年前，我和他们一样，浑身都是激情，一听到音乐，就忍不住想跳起来。现在是怎么了？也许是激情和精力已经被消耗到一个合适的程度了吧。时间是一个怪东西，他将你变成另一个模样，一个你自己也想不到的模样。但是你还是那个老样子，傻帽儿的脾气和坏习惯，一点儿也没变化。你不能像佛祖一样看着你自己，你不能慈悲为怀，你也做不到像一个智慧的老人一样，悠闲自得地消耗着你的时间。只有当你回过头，再看看自己走过的道路，你才会突然在嘴角轻蔑地笑出声来。多么卑微和讽刺的生活啊！现在，我只知道我已经跳不起来了，已经不会激动了。以后呢？以后我还将知道些什么呢？在我身上还将发生什么呢？也许正是这些未知，引领着我们继续活下去吧。但是你保不准哪一天这些未知的事物跳将出来，恶狠狠地干掉你。

我本来想自己先撤，但是想着回去反正也是睡不着。该死的睡眠，在这样的夜晚，肯定又要跟我作对，这点我自己感受得到。反正回去躺着也是穷耗着。失眠已经使我厌恶床铺。我花钱买高档品牌的床垫和棉被，一个枕头花了我两三千块。床上用品店的服务员说那种枕头有助于睡眠。但是这一切无济于事。能用钱解决的问题有时候是问题，有时候不是问题。反正我的问题没有得到解决。也许原因很简单，我钱不够。我需要多少？一百万？两百万？或者更多？

"最近去哪里了，怎么也找不到你啊？"

大龙从人群中钻出来，大老远就叫着。他依然穿着那条有着许多白色斑点的"精子裤"，上衣是一条紧身的白色小背心，看起来实在算不上搭调，肥胖的胸部在幽暗的灯光下若隐若现。他忧郁的时候和平时完全判若两人。一听刚才这口气就知道,他今晚是来这里伪装"颓废"的。

"我打了你好多次电话,一直都关机。"

"我去了一趟北京。"

"够绝,哥们儿。待会儿演出结束等我,有事要跟你商量,我先'颓废'去。"

说完,他扭着屁股,钻进了人群里。这就是颓废?

演出很快结束。最后的一个乐队被评为今晚最颓废的乐队,奖品是酒吧提供给每个乐手十扎啤酒,外加现场所有女士自愿献上的香吻。

十扎啤酒兑现了,香吻一开始没有人献上。在一片哈哈声中,两位穿着黑色裹胸和深色短裙的女孩儿上了台。于是,所谓的"颓废"演出在一片"牛×"声中结束了。人们需要乐子,穷乐穷乐挺好的。

[8]

"给你介绍,这位大美女就是极地飞行。"

大龙和刚才两位女孩儿中的一位走了过来,手上拿着两扎啤酒。他说"极地飞行"这个名字的时候,朝我使了个怪怪的眼神,就将那位美女向我这边推了一下。

他带来的女生,多少都有点儿故事。或者说,每一个他带来的女生,他都会事先帮她编好一个要么夸张要么离奇的故事。大龙很以此为乐,姑娘们也喜欢这个稍有幽默感的男人。不过,她们喜欢他的时间很短,很快地,她们就发现他其实是一个蔫不拉唧的闷棍。

"你知道吗？她自己一个人，跑遍了大半个中国，到处去'寄居'。"上一次，我见到他带来一个很矮但是很丰满，姿色中等但是绝对性感的小女生。

"寄居？"

"是的。就是走到哪里，都不住酒店旅社，找陌生的或者熟悉的朋友住。"

"哦，听起来前卫。"

"这也是行为艺术呢。"

"艺术？这和艺术有半毛钱关系？爱住哪儿住哪儿，大街上，垃圾箱里。地为床，天为被，这和艺术没关系。"

"你是记者，不会连这个也不懂吧？"

"我不懂你们的艺术。"

"那就让我晚上'寄居'你那儿，你就明白了。"

我毫不犹豫地拒绝了这样的寄居。我对那个姑娘儿说："我只想和你上床，而且就算我们上床，也不能在我那儿。"

我是一个俗人。俗得直接，不藏着掖着。他们这拨年轻小伙子们的语言里，经常都冒出一些新鲜的词汇，他们的生活是以闪电般的速度进行的。你还没看清楚怎么回事，他们已经又换一个活法儿了。这一次，眼前这名女生又会有什么出格的行为？难道她也是什么"艺术家"？

"极地飞行，你不会是玩'暴走'的吧？"

看他们这么勾肩搭背地走过来，我这么问道。"暴走"也算是一种行为艺术吗？天晓得。别人爱怎么艺术怎么艺术。我听说过有人打着赤脚，爬遍中国的名山大川。我也喜欢到处走走，漫无目的，没有事先的规划，走到哪儿是哪儿。不过，我可不愿意打着赤脚。

"就是一个网名而已。"

她说话的时候那样前凸后翘地站着,动作显得有点儿刻意。显然她对自己的身材很自信。由于和我站得太近,她那高高隆起的胸部,还是给人不小的心理压力。

"这么 high 的音乐你就一个人坐在这里啊?"

"人老了,不行了。我像你们那个年纪的时候玩儿得还要凶。"

正说着,大龙从服务台又拿过来一个扎啤。

"他是我们的记者和诗人。"大龙说。

"狗日的,再骂人跟你急。"

"骂人?"极地飞行一脸狐疑。

"你不知道'诗人'这个名字不能随便叫啊?他们随便亵渎这个名称。这个破地方能有诗人吗?"

"怎么说?"

"诗人在他们眼里就是这个社会的'弱势群体'。就是你们流行的话,叫苦逼。苦逼懂吗?"

极地飞行笑得合不拢嘴。

"你就么不想混在'弱势群体'里面,么不想当苦逼?"

"问题是,我真的是苦逼一枚。"

有谁愿意自我作贱,一直混在'弱势群体'里面当一个苦逼?这是一个和平社会,它正变得越来越娱乐,越来越浮躁。犯什么贱呢,何必把自己整得神经兮兮的。这样的社会和时代不需要你的苦大仇深。到处都是想把你口袋里的钱装到自己口袋里去的家伙。社会这么残酷,你还要把自己往那些干瘪的、幽暗的、已经挤得满满当当的'弱势群体'的地狱里推?

其实我不是讨厌诗人这个名词,相反,我尊敬诗人。但是"诗人"这个名词从他们的嘴巴里说出来,充满了嘲讽。

"社会这么残酷,你怎么忍心把自己混成'弱势群体'?"

说这句话的时候,我感觉自己十分没有底气。我现在是一个无业游民,虽然并没有大量透支每个银行的信用卡,暂时也还没有多少贷款要还,更不会欠下一身赌债。不过,我现在没有任何经济收入,怎么保证自己不再往最水深火热的底层混下去呢?

"你说话真有意思。"

"比不过你们大龙。"

"他呀,一张臭嘴。"

"你的比较香,可惜不是主要用来说话。"

"谁的嘴巴不是主要用来说话的啊?"

"你的嘴巴这么甜,是用来吻的,香吻。"

"要不要也给你来一个?"

"无功不受禄。"

大龙呷着啤酒,眼睛已经有点儿迷离了。他们都有几分醉了吧,或者都假装自己有几分醉了。这是在酒吧里最好的状态。当你认为自己醉了的时候,那你的行为就可以特别放荡不羁。你明明醉了,却头脑清醒,可以不为自己说出来的胡话负责,更不需要什么深刻的反省。有时候,你就需要这样的傻帽儿状态,把自己当作一个没有用的人、不节制的人、为所欲为的人。因为日常生活里,你胆怯,不敢表达自己。没办法,你每一天都活得那么有用,每天都有那么多双眼睛看着你、盼着你,你没有理由放弃自己,真的当一个没有用的人。但是在这里你可以。酒喝下去,尽快喝到六七分麻的程度,你就可以放心地当一个废人了。

"有一个'弱势群体'曾经写过一首诗,说的就是你刚才这动作。"大龙一只手搭在极地飞行的肩上,她的肩上只有一条透明的带子,在酒吧里微弱的灯光下,泛着微光,很刺眼睛。当然,你不盯着它的时候,也不至于闪到你的眼睛。她发现我的眼神,但是她没有避开,反而直视着我。

"什么诗念来听听?"

"念给你听可以,但是怕有人会骂人。"

"呵呵,快点,别废话。"

  哎呀
  要是遇见一个人
  可爱得不行了
  我们就毫不犹豫地凑上去
  亲她一口
  这世界就彻底完美了

那几句话,就在酒吧的墙上,是我学生时代写的破诗。马丁把它写到墙上,平时也没人在意。

"这也是诗啊?"

"是啊。"

"难怪会混进'弱势群体'。"

"就是这样啊。"

看着他们这样眉来眼去朗读我十年前发表的破诗,我满肚子的啤酒开始翻滚起来。打了个啤酒嗝之后,我把杯子里仅剩的一小点儿啤酒朝大龙泼去。随后趁着他擦脸骂娘的瞬间,我抬起脚,结结实实地朝着他的屁股踢将过去。大龙一个趔趄,杯里的啤酒撒了一地。

我醉了吧，也许。至少我自己是这么认为的。

[9]

马丁过来的时候，我们已经喝到第三十六扎。

酒吧里就剩下六七个人了。动物世界酒吧的客人，基本上属于马丁常说的"欲望太多钱太少心眼太高命太薄"的类型。我自然也被归入这一类。

"我也是这样，不然怎么会开什么动物世界穷人酒吧呢？"马丁每次都这么自我调侃，虽然他继承了四五处房产和三间店面，从经济上说属于玩得起的人。

马丁一手拿着柠檬水，一手端着两扎啤酒，摇摇晃晃地凑了过来。看来他也有点儿喝高了。有些日子不见，他那张瘦长的马脸，除了原有的密密麻麻的痱子之外，下巴又多了两三公分的胡碴。这让他的那张马脸看起来拉得更长了。这是一匹不识途的老马。

马丁一坐下，散在旁边的几个人也坐到我们这桌来了。他们是三个年轻小伙子和一个看起来很中性的朋克女青年。朋克女青年身材瘦长，却穿着只有手掌长度的短裤，站直的时候胸部几乎可以和酒吧的墙壁构成两条平行线。

"晚上的乐队怎么样？"

"我特喜欢最后那个乐队主唱带来的那位姑娘，能不能把她的电话号码给我一个？"大龙接过啤酒。

"你个色鬼，这里哪个姑娘的电话号码你没有啊？"马丁拿起他的柠檬水，啜了一口。从他送啤酒过来到现在，他已经啜了三口柠檬水了。一个并不口渴的酒吧老板，反复啜饮柠檬水，看着实在别扭。就当他的杯子是马槽吧。

"你们刚才兴致勃勃在谈些什么？是不是又在研究一百万的问题？不用研究了，我们帮你花。"

大家的话题一下子全部集中在一百万的问题上。还是钱的魅力最大。

"如果你突然有了一百万，你会怎么花？每个人说一个意见，提供给大龙，然后今晚剩下的酒单就全由大龙买了，你们说怎么样？"

马丁的建议得到一致赞同，除了大龙。

"买一辆奥迪 A4，再包养一个女人，也尝尝当有钱人的滋味。"

"办张护照出国，到纽约泡一个和某女摇滚明星长得一样火爆的女人。"

"养一条牧羊犬，在乡下建一个小农场，最好顺便捡一个小村姑。"

"马上从该死的广告公司辞职，找个女朋友一起玩拉拉。"这是平行线女同志的回答。她的回答遭到在场男士们的一致反驳，原因很简单，因为她这样会浪费了我们大家潜在的"资源"。

接下来轮到我说了。也许是喝多了吧，我开始变得语无伦次，而且刚才一直在和极地飞行私下儿说话，没想到就轮到我了。

"捐掉五十万养半月庵，剩下的存起来慢慢花，不再工作直到花完这些钱为止。"

"你们全部是神经病，你们可不可以纯洁一点儿啊。"

我有点生气，但是发现自己说错了话，只好闭嘴。大家继续围绕着一百万的问题谈得很 high，我忽然没了兴致，一个人喝着酒，有一句没一句地听着他们聊天。也许真的是太无聊了吧，也许是已经有点儿飘了吧。

这期间，马丁、大龙和极地飞行叽里咕噜着什么。管他们的，我喝我的酒，躺在竹躺椅上看天花板。没有什么比天花板更单调和神秘。我从上面看到了生活的裂缝。

"咱们摇骰子吧?"极地飞行说。由于坐得太近，她转过脸对我说话的时候，嘴唇都快擦到我的脸颊了。她说这句话的时候，桌上已经只剩下马丁、大龙和我，只有我们四个人了。

"我好像有点儿高了吧。"

"我也是。不过我晚上豁出去了。"

"这样啊。"

我们大概摇了七八次吧，两个人一共喝了三扎啤酒。到第三扎的时候谁也喝不下去，只好两个人一起喝。

"咱们摇点儿刺激的吧?"

"什么是刺激的?"

"比如输了要脱掉一件衣服什么之类的。"

"这样大庭广众的，你确定?"

"你真以为啊，我就穿这么点儿，哪有得脱，美得你。咱们一次摇一扎，输了的人除了喝酒外，还要无条件为对方做一件事。"

"什么事?"

"什么都可以。"

"你确定?"

"确定，以及肯定。"她声音很高，回答得很坚决，一副胜利的姿态。

大家的注意力忽然转移到我们这边来了。我不知道她葫芦里卖的什么药。这是一个聪明而且自信的女人,不仅仅从她高昂的胸部可以看出来,从她的眉宇间、眼神里也可以看出来。但是,遗憾的是,她的眉尾和暗黑的眼光告诉我,她也曾历尽沧桑。生活对谁来说都不容易。

"还是先说说具体的条件吧?"

"你还怕我阴你不成?"

她有点儿生气了,不过谁都可以看出来,那是居高临下的威胁式的假生气。

"没有没有,我是怕自己把你阴了。"

"那我的条件是——如果你输了,就把大龙什么找女儿的工作接了。"

我朝大龙瞪了一眼。我明白了,这是大龙事先设好的陷阱。至少是刚才他们窃窃私语的时候布下的陷阱。从马丁的眼神也可以猜出,他也是挖这个陷阱的同谋。他们乐见其成。

"大龙找女儿关我什么鸟事?大龙生女儿我倒是可以帮忙。"

我已经有点儿晕了,有时候,人越喝就越清醒,明明知道自己已经喝高了,但是什么事情都能想得有条有理。不过,第二天回想起来就得另说了。

"你还行吗?"

其实说这句话的时候,我自己也没有底气。不过酒吧里的男人总是装得一个个心高气傲的,我也不例外。其实我也知道自己在装。刚刚跟极地飞行对眼的时候,我就知道,今天晚上,我和她可能有点什么事情将要发生。那就来吧,有什么都让它发生吧。

"你可不能说不行。"

"你就这个条件?"

"如果你赢了,晚上什么条件我都答应你。"她用的是"答应"这个字,而且"应"字尾音拉得很长。这是一个怎样的女人?自信又沧桑,年纪轻轻,就经受了生活的打磨。每个人都不容易。不知道出于什么心理,我竟想窥视一下这个女人。

"如果我输了呢?"我故意重复一遍,用挑逗的语气。这个时候马丁和大龙都没有说话。他们知道我的脾气,逗得我不开心的话,也许我会掀掉他们手肘下的那张圆形木桌。

"那你除了答应大龙的条件外,还要买我晚上的单,外加给我朗读一首诗。"

"你卖多少?"我想,我有点儿不高兴了。因为她用的是这个词汇——买。

"你怎么这么下流。"

原来是我太直接。不过,她的脸上并没有怒意。也许是酒劲上来了,我根本没把马丁他们两个在场当回事儿。他们就是空气,一头马和一头猪的形状的空气,他们顶多是两个装着空气的器皿。

"我不是这个意思。你这样的美女怎么能买呢?"

"什么样的美女不能买呢?看你出什么筹码了。"

是啊,看你出什么筹码了。可是作为一个苦逼,"弱势群体",我的筹码太少了,少得可怜。我知道,自从和女朋友分手之后,接下来的一些生活,需要花钱购买。没钱是万万不能的。可是,你出得起多少筹码呢?

"你能有多少筹码就买什么价位的吧。"我偷偷对自己说。

"怎么样都可以,但是读诗除外。"

"别废话,你摇不摇?"

[10]

我们摇完最后一下的时候,大家说好了去茶馆泡茶。他们带我去的所谓茶馆就在酒吧街附近的一条小巷子里,叫"红楼茶馆"。所谓的茶馆事实上并不是喝茶的地方,而是按摩店。

鸡翅木仿古茶桌上煞有介事地摆着一套茶具。姑娘们穿着劣质的旗袍,胸口开得很低。我真不知道自己为什么跟着他们来到这里。

令我感到惊讶的是,原来极地飞行就在这里上班。进了茶馆,我、大龙和马丁就各进各的房间了。

"他们怎么搞定你的?"

"他们?你说大龙和马丁?"

"是啊。他们事先来这里找你,然后包了你一个晚上?"

"你以为我是谁?"

"不知道。你晚上看起来有点古怪。"

"我们是朋友。我和他们。"

"朋友?"

"听摇滚的朋友。"

"你喜欢摇滚?"

"不可以吗?"

"那你不是他们派来的喽?"

"不是。我是上帝派来的,上帝说我晚上专门服务你。但是这里按摩的钱你得自己到楼下买,我们这儿是正规的,服务有底线,不是你想的那样。不过我晚上友情提供的快乐,就算你欠我的,下次请我喝酒就可以了。"

"你不觉得我们应该先好好聊聊天,互相认识一下吗?"

"你除了是一个苦逼之外,还是个装逼犯。"

"你的眼光很犀利,全部说对了。"

"不用装了,来直接的。不过,你不打算真的再装一次苦逼,为我朗诵一首诗吗?"

"那样你会舒服吗?"

"拿不准。也许。可能。"

"我希望用别的方式。"

"你确定不装了?"

"你的身材不错,我刚才坐在你旁边的时候就想……"我说。

"那你放马过来吧。"

[11]

"你怎么还没有睡?"

"不知道。睡不着。"

"你脑子里在想什么?你是不是爱上我了?"

"你想多了。"

"说不准你真爱上我了,不然你一晚上都抱着我,害我也睡不着。"

"那你睡吧,我准备回去了。"

"你也可以自己在这里过夜。"

"算了,在这里我睡不着。"

"以后可以来这里找我。"

"你什么号码?"

"68号。不过你可以叫我晓菲,'春眠不觉晓'的'晓','芳菲'的'菲'。"出门的时候,她对我说。

已经是凌晨五点钟了。外面刚刚下过小雨,空气微凉,但是很清新,一点儿粉尘也没有。走在车辆和行人稀少的马路上,有微风迎面吹来。这种时候,我想,走路回去会是个不错的选择,反正这个时候回去,睡眠也不会马上降临。

当我走到公寓楼下小广场的时候,附近的大妈们已经起床了,她们在那里早锻炼。她们是这个城市里生活得最积极向上的人。只有她们让这个城市看起来还蒸蒸日上,尽管你也不明白为什么要积极向上,动力是什么。但是她们只管运动、健康、长寿,还有就是让自己开心。我看看手机,已经五点半了。我知道,再有半个小时,她们就要开始跳广场舞了,播放器就放在公寓门口。

上楼去睡的话,不到半个小时你也会被吵醒的。我干脆一屁股坐在小广场的假山旁边,看着这些积极向上的老年人。她们正在向死而生,但是她们的生命力比下水道里的蟑螂还要旺盛。为什么我看起来这么萎靡不堪?我才三十出头,是朝气蓬勃的年纪。我想,我还是坐在这里,看看这个城市的风景,直到她们各自到菜市场买菜去了。时间不会太久,她们一般只会跳到六点半左右,然后各自买菜去。

[12]

"我不是侦探,也没有当过警察。"

"警察只重点管那些和杀人放火有关的事情。"

"听说你是有钱人嘛。"

"我是有点儿钱。不过,帮人家找人的事情警察会不会用劲呢?"

"你可以想办法让他们对你的事感兴趣,或者请私人侦探。这个我也可以帮你,免费。"

"你们这个城市也没有私人侦探。"

"我没有接受过他们那样专业的训练。"

"他们?他们最重要的训练是胡吃海喝。我一个老乡,在你们这里当差,每天除了喝酒混事,就没见他干什么正经事。你没看到吗?这些人,一个个肚肥脑胀,你几乎很难找到一个看起来利索一点儿的。"

"能找到的。我可以帮你报案或者给你介绍警察帮你找。"

"找他们没有用。"

"你确定要找我这样的人帮你找女儿?"

"大龙说你是记者。我以前认识一个记者,我开第一家红茶店的时候,挨过一次偷,抽屉里的钱和各种证件都被偷了。有监控,但是那个办事的警察不闻不问,甚至不立案。后来记者来了,他才下了力气,最后不费吹灰之力抓到那个小偷。你知道吗?监控拍到的小偷连额头长了一颗黑痣都看得一清二楚,可他就是不闻不问。"

"他们有时候是那样工作的,他们要处理的事太多了,忙不过来。"

"也许是吧。我把监控拿去给他们,你知道他们说什么吗?他们说监控也没有用,小偷那么多,我们上哪里找?警察问我小偷要上哪里找。我如果自己知道小偷在哪里,老子自己买一杆枪,直接把他们干掉好了。他们问我要去哪里找小偷？我如果知道小偷在哪里，我还用找警察？你说他们竟然问我上哪里去找小偷。"

"他们有时候这样搪塞受害人。这样的案件他们看多了。"

"要不是你们记者来了，他们连笔录都不愿意做，还是你们记者好。"

我以前的同行们在这些群众面前竟有这样的好声誉。我熟知他们的工作伎俩。他们熟识每个派出所的警察。大家只要一碰面，彼此心照不宣。只要有可以上电视或者报纸的案件，他们就用心办，而其他的案件，如果没有什么好处，他们就无所谓了。大家都是工作，混口饭吃。这就是这个世界的秩序，大家都这么干。换个体制换个玩法，也差不多，你不能对人性寄托太多的希望。你只要希望自己好一点儿就可以了，就很完美了。这个世界，作为整体是不可能完美的，只有作为个体，才可能看起来美一点。当然，每一个个体，你往里面瞧，也大都是丑陋不堪。

"可是不好意思，我得告诉你，我现在已经不是记者了。"

"哦，是吗？"

"我刚刚辞职了，而且，我目前没有什么正式工作，属于名符其实的无业游民。"

"这是你的私事，我不关心这个。不过，辞职之后，你倒是有更多时间帮我找人了。你们当记者的，一定有很多朋友吧，这个对于找我女儿最有帮助。"

"可惜我这个人也不太会交朋友。"

"哦。不过你是本地人，又有当记者的经验。听大龙说你人实在，办事牢靠。他说你一定可以。"

我也不知道自己有这么多优点。我和大龙交往也不多。也许是吧，在他们这群愤怒的年轻人眼里，我马马虎虎还算是个靠谱的人。事实上，我大概也只是对自己比较不靠谱。为什么我的母亲和女朋友们都没有发现我的优点呢？她们责骂我生活没有条理，天马行空太随便，没有家庭观念，最重要的是，她们认为我不是一个积极上进的人。可是，我到底该往哪儿上，该怎么进，我真的不知道。在大家眼里，我鼓捣的东西一文不值。事实上，我也知道我自己一文不值。我实在不明白这个之前素未谋面的自称老姚的外地人，为什么就信任我？他哪里来的勇气？

事实上，他信任的不是我，而是我之前的职业，那个我干得极糟糕的职业。作为个人，人们从我身上看不到什么光芒，它过于黯淡，黯淡得我自己都觉得羞愧。我没有付出什么大不了的劳动，却能够这样吊儿郎当地活下来。世界对我太宽恕了。

"大龙认识的记者不多，我只是其中最差的一个，连三流都够不上。"

"大龙也这么说你，他这个人有时候喜欢开玩笑。不过我看得出来，你比他有文化。我做茶叶生意这么多年，见过的人不少，特别是像你们这么有文化的人。你看，连你带我来的地方，都很特别。"

文化？如果眼前是一个熟悉的朋友，我肯定跟他说，请你不要骂人，正是文化害了我。不对，应该说，是我没弄明白，稀里糊涂被那些所谓的文化害了。在这个小城市里，我读过的书算是不少，还真很少见读书比我还多的人。文学、历史、哲学、社会学，甚至连该死的心理学，我都有不小的阅读量，但我只是囫囵吞枣。其实真不知道自己为什么阅读这些作品，只是有时候看起来它们似乎能解决我的什么问题，但遗憾的是，它们比我自己更无能为力。后来我干脆不读了。我现在需要的不是知识。

眼前的陌生人表情很诚恳，看着他那老实巴交的样子，我不知该怎么回答他。他做生意的时候应该不是这样子的吧？他到底碰到什么难处呢？这倒是我想知道的。

咖啡还没有端上来。没有办法，这种私房咖啡屋，老板和服务员是同一个人，你坐在这里对她提要求是没有用的。我站了起来，干脆自己从吧台上把那一桶柠檬水拿过来，将姚先生和自己的杯子倒满。下午的阳光从这座闽南小建筑的巷子里射进来，亮度合适，温度也舒适。

"我没有大龙那样的寻人经验，而且我不确信一定能帮你找到人。"

"但是你当记者的时候一定认识很多人？"

"我这个人不太善于和人交朋友。我们当记者的，认识的人大都是流水式的，今天见了，明天忘了。"

"你很诚实。我喜欢像你这样诚实的人。"

"诚实对于这件事好像不见得有所帮助。"

"没关系，我相信你。"

只有在午后，坐在这个藤蔓掩映下的院子里，享受着悠闲的时光，你才会知道咖啡屋的老板为什么将它取名为"慢光咖啡屋"。慢光是一种物理光，减慢了速度，让你的眼睛看屏幕或者什么发光体的时候，感觉舒适。书上是这么说的。不过，我想老板大概不是取这个意思吧。

可是物理学家们是怎么让光线的速度变慢的呢？

工作这几年，很少有这样闲适的下午。我想，我该早点儿结束这场谈话。就是一个人坐在这里发呆也比跟眼前这位安徽商人谈他的女儿来得舒适吧?

"你确定你想找一个像我这样的社会闲杂人帮你找女儿?"

"大龙介绍的,他说你是最合适的人选。他说信得过的,一定信得过。"

据大龙介绍,他和这位姓姚的安徽人是在网上认识的。大龙在网络上的信誉度就这么高?我记得以前借给他图书或者CD光盘之类的债主,一般都要主动提醒他三到五次,才有可能讨回来其中的一部分。人在虚拟世界的好名声也许比在生活中的好名声更能赢得别人的信任。但是也可能因为一次错误,让你信誉扫地。大龙干了一件错误的事,虽然是以爱的名义,但这事让他积累下来的名声,一下子灰飞烟灭。

"你可是在花二十万,雇佣一个没有把握的人啊。"

这位姓姚的安徽男人比我想象中的对味一点儿,至少和他谈起话来并不太费劲。他也理着一个光头。不过,从他反光的"地中海"可以看出,他之所以理光头,主要出于没有合适的发型可以选择,或者还有日常生活中图省事的缘故。除了小山羊胡子不太整齐和T恤的圆领有点儿脏之外,他的动作和每一个体面的商人差不多。

"也许吧,但是没关系。跟我们做生意一样,很多事情,当你很有把握去做的时候,反而会失败。"

我知道要是继续这么谈下去,我的耳朵就得听到滔滔不绝的成功学。这门学问,成功的人在说它,越说越骄傲;失败的人也在说它,越说越屌丝。我可不想听这些玩意儿,我也不想成功。让他们都成功去吧,我来独自面对失败。

还好咖啡来了,是蓝山。他要的是苹果汁。

"你的咖啡闻起来真香。"

"你要不要也来一杯?"

"不过,喝起来应该有点苦。"

"是的,我一般不加糖。"

"我现在只喝红茶,自己老家的红茶。不过这杯苹果汁也不错。"

在接下来的短促的谈话中,我的黑色笔记本里多了几行字:

十六年前,江府小楼村。

送给一对五六十岁老夫妻,可能姓苏。

老夫妇住石头房子,两层,水泥板。门前有龙眼树一株。

女儿六岁送人,双眉间有一颗痣,类观音菩萨。

"你自己找过吗?"

"找过。现在拆迁成那个样子,没地方找。"

"没有试试别的办法?"

"有,但是这看起来还是有点难。"

"什么意思?"

"你知道,当时他们已经五六十岁了。人的寿命很难说。"

"哦。还有没有别的信息?"

"想不起别的了。或者想到了我给你电话。"

"你打算怎么付钱?"

"这个工作也许很难。不过,也许幸运一点儿,你会很容易完成的。"

"我和你一样,希望明天就搞定。"

"我先给你垫付五万,回去直接转到你的卡里。分几次付,每次五万元。"

"可以。"

"我给你写个收条吧?"

"不用了,我信你。你有空就来我店里喝茶吧,只是一个小批发店。不过,我对红茶品鉴很有经验,下次你来我店里,我好好跟你切磋。"

他递了一张名片给我,地址就在江府小楼村附近的食品批发市场。我想,他可能已经在这里扎根了一段时间了,只是一直找不到女儿。

"好。"

"你有点什么进展,或者有新的需要,再找我要第二笔。"

"行。"

"不过,你的工作时间是半年。"

"半年?"

"半年如果还找不到,我想就没有必要再找了。"

"哦。"

"不过我会按时付钱给你,不管结果怎样。"

"如果我拿了你的钱之后随便应付你呢?"

"那我也认了。不过我有一个预感,我相信你能在半年内帮我实现我的这个愿望。"

"哦。那,祝我们好运。"

会不会有什么进展呢?我的信心没有那么足。不过,我想,有些时候,运气和狗屎一样满天飞,就看你撞到的是运气还是狗屎了。更重要的是,我手头的钱已经所剩不多,我需要这笔钱,让自己闲散的时间得以继续下去。

[13]

"大爷您好，这附近有石头房子吗？"

一个戴着美式草帽的老头儿，稻草经过漂白，失去了原色，但是很整洁。应该是惠特曼老头子戴的那种帽子的形状吧？印象中，惠特曼一直是戴着一顶这样的帽子，也不知道是不是。他正往一把铜制的水烟壶里塞烟丝。他将一根软中华细心地撕开，然后把烟叶一点儿一点儿地往水烟壶的口子里塞。

软中华零售七十元一包。

好好的一根香烟经这么撕开，再装进水烟壶，真是脱裤放屁，多此一举。每个人都有自己的不同癖好，你不认同，但是也不能反对。正是那点癖好，让每个人看起来有点儿意思，可以互相区别开来，不是每个人都从一个模子里刻出来的，不是吗？

"大爷您好，这附近有石头房子吗？"

他穿着一件短袖白衬衣，外面套着一件蓝色牛仔夹克。白衬衣洗得干干净净，配上牛仔夹克，再加上水烟壶，看起来颇有点儿美国西部老牛仔的味道。远远地看，一不小心还以为他是老鹰乐队的成员呢。

"这一带早就没有什么石头房子了。"

他说话的时候头也不抬一下。

我本可以大步流星走进去，询问里面那些正在打牌的老头儿。不过，我知道，他们对于路人的问题和外面这位坐在石凳上的精致的老头儿一样，都不会有什么兴趣。除非你站在门口喊："喂。你们谁家里有房子出租？"这样，准有五六个老头儿会走出来，用爱理不理的口吻问："你要什么样的房子？"他们每个人家里都有几套闲置的套房待出租。在他们眼里，这些套房对于外地人来说，都是香饽饽，尽管并不是每户人家的房子都租了出去，住满了人。

他们的儿子们把自建的房子，隔成七八平米大小的一个个房间。这样，他们家的五六层的楼房就可以有四五十个房间用来出租。他们自己则住在顶楼，单独走一个楼梯。而老头们就专门坐在老人协会打牌，守着这里完成最后的娱乐，并出租闲置的房屋。

房东和租户的矛盾频繁，上班的时候，我时常出现在这里进行采访。大部分是房东突然想涨房租，或者多收了租户水电费，租户于是砸坏家具，极端一点儿的烧掉他们的窗帘，以此进行报复。当然举刀相向，砍死个把人的事情也有发生。

"大爷，我可以坐一下吗？"面对这一位穿着讲究使用铜制水烟壶的老头儿，我虽然感觉有点儿不自在，不过倒是觉得可以坐下来聊一聊。

他头也不抬，继续把弄他的水烟壶，随后，用手指了指摆在老人协会门口的竹凳子。我望了一眼，里面的老头儿们都在聚精会神地玩麻将，厅堂中间烟雾缭绕，偶尔有人从老花镜后面抬起眼睛看过来，又低下头去。我不是他们的潜在租户。他们才不在乎什么人来呢。

"我们老年人不能把时间都花在打牌和等死上面，我们要老有所乐。"这是我在采访某名百岁老人的时候，他对着话筒说的。

可是有什么办法呢？生活并不是处处都色彩斑斓。如果打牌真有乐趣，那也未尝不可吧？怎么样都是赴死。对于老年人，他们还有什么娱乐可以享受呢？如果你也进入老年了，你将以什么方式耗掉你的余生呢？

捷克作家博赫拉巴尔八十四岁生日即将到来的时候，朋友们张罗着等他过两天出院了给他过生日，他却说："我都想死了还过什么生日？"两天后，他从医院五楼的窗口跳了下来。他在遗书中说："我已经做了该做的一切，我还待在这里干什么呢？"

我们的同乡李贽，老的时候住在监狱里，他夺过理发师的刮胡刀自刎。刎颈之后血流不止，撑了三天，说不出话来。下人问他："和尚还有什么想做的？"李贽脖子开了口子，说不出话来，用指头蘸着血写下："八十老翁何所求。"

你有没有那么好的运气，能活到这么老？你将以什么方式活到这么老又如何死去？

年轻的时候不好好挥霍，老的时候连挥霍的能力都没有了，那时候你还有什么可以做？三十岁想的是三十岁的事情，四十岁想的是四十岁的事情，五十六十亦然。可是七十八十甚至更老呢？他们在想什么？他们会觉得生活无聊没有意思吗？

"你一定觉得我在这里煞有介事地装这个烟丝很无聊吧？"

"没有，没有。"

"别掩饰了，我从你鄙夷的眼神可以看出来。"

他头也没有抬，怎么可能观察我的眼神？

"你一定觉得我坐在这里和他们一样无聊吧？"

他用水烟壶指了指里面打牌的老人们。

"没有。今天天气不错，不过，即使是好天气又能干什么呢？还不如这么悠闲坐着呢。"

我该多说点话。这几年的记者生涯，已经帮我撑开了我那张不善言辞的嘴巴。没办法，那样一个工作，你每天都得面对不同的陌生人，各种的魑魅魍魉你都会见识到，从滔天罪犯到腐败官员，从妓女到大学教授，从乞丐到巨商富贾，什么样的人你都有机会接触，还得尝试着和他们说话，让他们信任你，放心地开口。那么，首先你要学会没话找话说。

"你的水烟壶看起来不错。"我说。

"有眼光。这个是乾隆时期的烟壶。上面镌刻着牡丹花，非常精致。"

"你抽这个。"

说着，他递给我一根中华烟。我想，接下来我们的对话也许可以进入正常轨道了。

"你不喜欢打麻将吗？"

"我？我怎么能跟他们一起打麻将？"

他说这句话的时候肯定一脸不屑，从他的语气里可以听出来，虽然他的帽子一直盖住脸。有所骄傲之人，必有独到之处，要么就是一个装逼犯。

我从兜里掏出打火机点上。中华烟太薄了，特别是软中华，对于老烟民来说，这实在不是什么好烟。不过我不是什么老烟民，对于烟没有什么特别的嗜好。

生活里，你要靠自己的双手争取到可以自主选择的境地，你需要付出的劳动和心神肯定不少，而且，对于大部分人来说，当你从被动的世界里争得主动，再也不用看人眼色生活的时候，你已经头发斑白，剩下的所谓主动的时间，已经不那么多，不那么重要了。

这一带的老人大都抽中华烟，这是他们财富和身份的象征。他们每天聚在老人协会打麻将，打完一个早上后大家统一结账。

有一回，由于某位老头子发错筹码，或者其中某位老头子偷偷把七八枚一分钱放进自己的筹码里，老头们结账的时候便大打出手。那一天我扛着摄像机，来到这个老人协会做了一条新闻。在我的摄像机前，老头们情绪激动，众说纷纭。

等我就要走的时候，他们才恍然大悟：这新闻要是播将出去，在后辈们看来，将是多么不成体统的事啊！不过，我没有给他们反省的机会。爬上车，我就让司机以迅雷不及掩耳之势，很快将汽车溜到五档。

回到台里，我以调侃的口气写完新闻稿就播出了。我也不知道这是不是件缺德事，但是有时候，你总会干一些不可思议的事，和道德感似乎有关，又似乎没有任何干系。我不是一个正人君子，干的也不是什么牛气的职业。那就是一个职业，和崇高、伟大不沾边，也不显得低贱，那只是一个谋生的手段。

这已经是几年前的事了，之后我又来过一次这里。第二次，我是带着针孔摄像机来的。

"江府小楼村的老人协会，经常有女子以擦鞋的名义，到那里为老人提供黄色服务。"这是我们新闻热线里的内容。

到达现场，果然看见好几个擦鞋妹。不对，应该称呼擦鞋大姐。她们大都人老珠黄，画着浓眉，施着粉底。每个人背着一个木箱子，里面装着一条毛巾，还有鞋油、擦鞋的刷子，一个大矿泉水瓶。至于箱子里面还装着什么东西，就不知道了。她们穿的都是低胸装，有需求的老头子们会叫她们过去。他们会找一条小巷子的某处小旮旯里，擦皮鞋。装模作样擦几下皮鞋之后，就是实质内容——按摩。老人们偶尔调侃调侃她们，欲望强一点儿的，偶尔也动动手。不过我看到的也仅此而已。这些退下来的小姐们，在他们面前，看起来是多么的青春啊。她们从生活里重新找到希望，他们也一样。人最害怕的事，就是发现自己一点儿用都没有了。

他们不缺钱，但是他们害怕变老，担心安静下来的时间，苦恼于生活的单调，他们不知道怎么安排自己所剩无几的那一点儿时间。而她们给他们的生活带来一些新的色彩。生活只要还有希望，还有颜色，就值得过下去。

"我们老年人不能把时间都花在打牌和等死上面，我们要老有所乐。"这是某位百岁老人说的话。

回电视台之后，我对策划部主任说，我没有拍到热线里面说到的画面。我随便找个理由搪塞掉了。等我们自己也老了呢？会在哪里？在做什么？还有什么值得我们去做的吗？

曝光人家这种事，下了地狱都要遭诅咒的，我想还是算了。

可是，很遗憾的是，收到热线的不光有电视台，还有报社。没过几天，整版整版的追踪报道让这些老家伙们丢尽了脸面，一时间成为社会话题。正人君子们站在道德高地谴责他们为老不尊，更多人则是公开地或是暗地里笑话他们，只有少数人意识到自己也会步入老年，也会没有希望，这些人才会将心比心，原谅他们。

可是什么是道德呢？老人寻春的行为没有道德，抑或是做这样的报道更加缺德？

我再次来到这里的时候，老头子们没有一个记得我了。谁会记得一个行色匆匆的记者呢？抑或是，他们中应该也已经更替过一两拨人了吧。

人世有代谢，往来无间歇。古往今来，莫不是这样。

"难道你要租一间石头房子？"

水烟壶小老头儿奇怪地问。他的声音有点儿大，然后就有两三个老头儿走了出来。我知道，他们家里都有很多房子等着出租。坐在这里的老头儿们,谁家没有一两栋五层楼高的大房子呢?

听我能讲本地话,又不是租房客,他们就进去玩自己的了。只有水烟壶老头依然坐在门口的竹凳子上。已经是夏天,不过他穿的白色T恤,还有那件蓝色牛仔马甲,看起来虽然很有风度,可是应该会很热吧。

在竹凳子旁边,有一块大理石桌子,他的软中华就放在那大理石桌子上,一副看起来有点儿发黄的茶具就放在桌子的正中央。

"叔叔,我可以坐下来喝一杯茶吗?"

我实在是有点儿渴了。租来的差劲的伊兰特,空调在半路上就不能制冷,我一路是开着窗子过来的,坐在车里就像在蒸包子,马路两边的热气直往车里冒。

"你随便吧。不过茶得你自己泡。"

他又装好了烟叶,用一根火柴燃了起来,随后从裤兜里扔了一包茶叶给我。闽南这一带,男人们是经常在裤兜里揣着几包茶叶的,这里的人喜欢斗,他们叫作爱拼敢赢。这里的人不斗鸡、斗牛,他们斗茶,斗谁的茶更贵。

他用的火柴,火柴盒上面画着一个"喜",这样的火柴已经很难见到。

"小伙子,你知道我这水烟壶怎么来的吗?"

我看他好像愿意说话了。

"我看有来路。"

"没错,这是我年轻的时候,去上海打天下,就一直用到现在的。"

"那得有二三十年了吧。"

"二三十年?你猜我多少岁?"

他说话的时候,我仔细地观察着他。从他帽檐下发白的头发看起来,他应该有七八十岁了。不过,等他的脸慢慢抬起来,却让人十分惊讶,他的脸仍然十分光滑,也只有两颊各有一条皱纹,额头上竟然是光滑的。他留着一头盖耳的白发,看起来有几分传说中的艺术家的气质。老派的艺术家们喜欢这么打扮。鹤发童颜的老人只在电视连续剧里看过。电视台的化妆间里也有许多这样的假发,不过,他的头发看起来不像是假的。

"你在看我的脸是吧?"

"呃——"

"没什么的。告诉你,我每周都去美容院做脸部护理,所以脸才保持得如此光滑。"

"大爷您真喜欢开玩笑。不过像您这样心态的人,倒是不会老。"

"谁有工夫跟你开玩笑。"他表情变得严肃,忽而又放松了下来,"跟你说真的哩。嘿嘿,我年轻的时候也和你一样,理着个光头。"

"您一定是搞艺术的吧?"

"这个水烟壶就是在上海的时候,用我的一幅画跟一个洋鬼子换的呐。"

"您是画家?"

他没有回答,又抽了一口烟。

"听你口音,肯定从城北过来的吧。"

"是的。"

他开始问我的出处了。我想,眼前这位"老艺术家"会有工夫跟我聊天的,他有的是时间。不止是今天,接下去的大部分时间,只要我有空,他都会有工夫跟我聊天的。从他眼角的鱼尾纹上,可以看出一点儿寂寞的影子。

他需要有人跟他聊天。寂寞,那可是任何人都掩不住,也逃不过的,它法力无边,不请自来。年轻人一样,老年人也一样。在这片苍茫大地上活着的每一个人,只要头脑一开动,孤独寂寞,在所难免。

"我以前在你们那里的四夕镇下过乡,所以对你们那里的口音特别熟悉,说的都是地瓜腔。"

老头儿说起普通话来总是力求字正腔圆,浓重的闽南乡音使他的普通话仍然显得有点儿别扭,倒也不做作。不过,他这口普通话在这一带也算得上数一数二的了,至少卷舌音还是说得出来,虽然生硬了一点儿。

"我年轻的时候也理过光头哩。"

"不过您现在的飘飘长发很漂亮。以后我老了说不准也留您这样的长发。"

"嘿嘿,就属你有眼光。这里面的糟老头儿,都说我这发型不正经。还是你们年轻人视野开阔。"

他故意把"糟老头"三个字说得大声。的确,这里的老人都是一辈子力求中规中矩,无论是从穿着还是行动上。特别是那次被曝光了以后,他们的生活更加循规蹈矩起来。他们要当生活的表率,他们有儿孙要教育,他们要做榜样,就算是装,他们也要扮演好自己最后的角色。人活着,多累啊。但是再累也得活下去,还要尽可能活好。

"我这一辈子理过的发型不少。阴阳头你知道吧?"

"我在一些描写'文革'的书上看过。"

"你还看书呢?看来这幅眼镜没白戴。"

"看一点儿吧。"

"现在看书的年轻人很少了。对,我以前就是在'文革'的时候被理过阴阳头。被批斗的原因是乱搞男女关系。"

他说出最后一句话的时候,脸上露出了灿烂的笑容。从语气上听,那件事如今在他看来,是一件值得骄傲的事。

事实上,我对于他的故事并不十分感兴趣。不过,也许从他这里可以探听到一些关于这一带的信息吧。我决定在这里多坐一会儿。老人们都在里面打牌。其实我也可以大大方方地走进去跟他们一起打牌,这里也有不少年轻人就是这样"提前退休",天天耗在里面,赚老头儿们的钱。

但是对于打牌,我实在提不起兴趣。

"那个时代确实比较极端。"

"我那时候是中学教师。"

"哦。"

"看我的装束很有文化是吗?别说我有文化,文化不是个好词。"

"那只能说您前卫了。"

"这个词儿还差不多。"

这个老头儿还算对味儿吧。

茶泡好了,是铁观音。闻着那淡淡的香气,很享受。掀开盖碗,看那茶叶,叶片肥厚,再看看茶叶的色泽,很均匀,炒茶的工艺应该也是很不错的。

"这茶很好,应该是刚刚上市的春茶。"

干了几年记者工作,本地的茶,喝过不少。在泉城,每天除了工作喝酒之外,你很难找到其他的事情来做。后来我慢慢发现,喝茶也是一个不错的选择,至少那是一项头脑清醒的活动。慢慢地,喝的茶多了，对茶叶倒也多了一些了解。

"没错儿。看你年纪轻轻，还懂喝茶。"

"这是好茶。好茶大家都喝得出来。"

"平时喝什么茶？"

"什么都喝。有点儿兴趣，喜欢喝罢了。不是老茶主。"

"那可不行，口味不能杂。像什么普洱茶，铁观音老茶，都是蒙人的。谁舍得把好茶叶这么藏这么炒呢？"

我不是来秀茶叶知识的，而且，现在已经是中午了。

"叔叔，你们这边现在怎么没有石头房子了？"

"你找石头房子干什么？"

"没有特殊用途，我其实不是找石头房子，而是找人。"

[14]

"有一件事情你得帮我。"

"什么事？"

"我要找一个人。"

"情敌？"

"我现在单着。"

"你又不会有仇人。那敢情是在做什么大生意？算我一份？"

"没有。我也不是做生意的料，你知道。"

"那你找什么人啊？"

"一个失踪了的女孩子。"

"情债。"

"不是,别人委托的。"

"你抢我饭碗啊?或者改行当侦探啊?"

"还真有点那个意思,反正差不多。我上个月就辞职了,但是目前还没有新的打算。有个事情就先随便做着。"

"什么,你真辞职当侦探啦?记者不当啦?"

"嗯。"

"有种。我什么时候才有胆跟你一样,想做什么就做什么。"

"你不行。"

"为什么?"

"因为你有一个局长爸爸,未来还将有一个公务员老婆。他们会杀了你。"

"你什么都知道。"

"不过,我现在倒是过得下去了。上班就是打牌,有大把大把的时间玩游戏。"

他的电脑里装着一些小游戏。根据我的猜测,这些都不是在线游戏,因为他们大部分办公电脑是不连接外网的,所以只能玩一些有点儿弱智的小游戏。

"这敢情不错。"

"而且,我最近参加了一个自驾游俱乐部。"

"我也想去呐,就是有点儿懒。一听说是旅游我就犯懒。不过,你是该出去疯一下,不然把你憋坏了。"

"我新买了一辆切诺基,改天你来我家看看,咱们一起开出去山路试试,还没有开过山路呐。"

黄大军是我小学一直到中学的同学,喜欢摆弄相机。我们从小都在农村读书,后来他爸爸从农村派出所普通民警干到区公安局副局长,他虽然书读得很烂,不过靠着父亲的关系,读了个警校,学的是侦查摄影专业,中专毕业之后就干起了警察。上班没多久,他的公安局长爸爸就把他安插在户籍科当副科长。

读书的时候,我们俩人一起干过一些蠢事。比如连续几天骑着自行车,傻乎乎地跟踪一个漂亮女生;再比如冒着别人的名,给女生写信约会,然后躲在远处偷着乐;还比如往女生抽屉里放一只癞蛤蟆之类的。这类子荷尔蒙分泌过多的年少傻事,我们干过不少。不过,这些办法大都是他先想出来的,他的脑袋里坏水不会比我少。

一开始工作的时候,我们互相联系得还比较多,各自对自己的工作都嗤之以鼻,一开始就谋划着辞职的事。后来,我们渐渐地被各自的工作改造着,然后大量的工作就占据了我们的时间,占据了我们各自的大脑。

"辞职的事,我真的想过很多次了。但是我老爸……"

"不跟你说辞职的事。不可能的事不说。"

我知道,这种事要是一说开了,他就会说个没完,然后又要喝得烂醉。我可不想扛他回家。而且,我对他的全世界旅行的计划丝毫不感兴趣。他家里有自二十世纪九十年代至今的《美国国家地理杂志》、一大堆的《中国国家地理杂志》,还有一大摞世界地图、中国地图、野外求生手册等。他的梦想是走遍这些地方,最好是自己开着越野车去。

可是对于我来说,一个小小的泉城已经把我累坏了,还要走那么多地方干吗?

"我答应帮人家找一个人,江府小楼村的,十六年前五六十岁,现在应该是七八十岁,姓苏。"

"你是找活人还是死人,或者活死人?"

"死的活的都找。就要他的所有户籍资料。"

"江府姓苏的可不少吧。"

"那能不能全部给我复印出来?"

"这要求也太高了。"

"那尽可能吧,至少给我做个统计资料。"

"要哪些内容?"

"那就姓名、出生年月、家庭住址、家庭成员,此外,最好是有联系方式。"

"那——改天我给你打电话,来我家拿吧。"

[15]

第二天,我去银行查询了一下,五万块已经到位了。那个安徽人果然也是个省事的爽快人,钱汇过来也没有打一个电话提醒。我给他回了一个电话。

"我怕你不喜欢别人打扰,所以就没有打了。"

"这种事情没有关系的。"

"好的,下次有事,我就打你电话。"

我想起了母亲要我办的事,买了几袋猫粮狗粮,放在伊兰特的后备箱,开去她那里。

她又收养了一些流浪猫和流浪狗,得有二三十只了吧。挨在平房边上搭起了个两米见方的木板小房子,里边隔成两层,当作猫窝狗窝。

"你收养这么多,要注意防疫啊。"

"没关系。我看着街上那么多小东西,又没有地方去,就收回来了。"

"养那么多,得有二十几只了吧?"

"还要多。现在有三十一只。好几只漂亮的、健康的,都叫邻居领走了。"

"那你更要注意防疫了。小狗很容易得瘟疫的。"

"我死了也没关系,就是你还不结婚生个孩子给我看看。"

其实,我也不知道,小狗会得什么瘟疫。我对动物一窍不通。我对自己都一窍不通,哪里有工夫了解阿猫阿狗们的事情呢?

"养这些猫猫狗狗的,每天可以陪着我。你们几个孩子长大了,都到处飞。你看你,结婚的事情还要我担心呢。"

我知道接下去她还要说什么。我的姐姐们都结婚了,有孩子了。她们有的在美国,有的在香港,有的在深圳。只有我没地方去,也不爱挪动,毕业之后乖乖回到这个城市。

"房子的事情……"

"你看,要不是我给你惦记着这件事,你什么时候才想着买房子?"

"我现在的状况不是很合适买房子。"

"买车可以?"她靠在书架前面,指着门口的那辆伊兰特。

"这是租来的。"

[16]

我把衣服一股脑儿全部扔进小天鹅牌全自动洗衣机里面。

自从和前一个女朋友分手之后，我在选定衣服方面的第一标准，就从对款式布料的要求，转为只有会不会褪色这个标准。别看品牌，品牌也是不可信的。几年前，为了看一场摇滚演出，我在酒吧门前买了一件画着切格瓦拉的黑色 T 恤。结果回去的当晚，跟着其他的衣物放进去洗。那天晚上喝多了，没有及时起来晒衣服。第二天早上醒来一看，我的所有衣服，全部都被染得色彩斑斓的。

现在我明白了，生活讲究的是实在和质量。色彩斑斓、花里胡哨的年纪已经过了。最近一段时间，我忽然意识到，自己的身体和树木的年轮一样，有着明显的印迹，每一环都不交叉。从我们身体的某一段截开，也许没有明显的年轮，但是生活给我们带来的变化却那么明显，一环紧接着一环。我知道，现在的我正处于焦灼的年龄。我知道自己六神无主的原因是什么，但是无能为力。我知道接下去也许会有更多的麻烦。但是有什么办法呢，生活总是麻烦不断。当激情稍稍褪去的时候，生活就变得越来越简单，越来越容易。你可以过得更老实一点儿，更简单一点儿，我告诉自己。

但是这其实有点难，在生活里做加法看起来不容易，但是做减法更难。你需要勇气，需要狠下心来。

地板也有几天没有洗了。我打了个电话，让楼下的阿姨上来，帮我把屋子收拾一下。阿姨是这座单身公寓的清洁员。清理地板、桌子、烟灰缸，包括擦洗门窗，她只需要十分钟左右的时间。她开心的时候，还会帮你把茶几甚至鞋子等都擦一擦。但是我没有皮鞋，只有休闲鞋和运动鞋。所以我每次都说："不用了，擦了还是会脏的。"

阿姨帮我把房间收拾整齐之后，见洗衣机里有衣服，就一并帮我晾了。

"小伙子，该找个女的结婚了。"

我听得很清楚，她说的是"找个女的"。只要是女的，雌性动物，两只脚的，能走会跳，还能收拾房间和生孩子的。

"我这个样子的没有人愿意嫁给我。"

"我看你挺好的，年轻，收入也稳定。应该有很多**查某**（闽南语：女孩子）想嫁给你吧？"

"没有。我脾气古怪，她们都受不了我。"

"不会的。**查某团子**一嫁给你，给你生个娃儿，就什么脾气都能接受了。"

"现在没有那样的女孩子了。"

衣服已经晾好了，她打开窗子，站在阳台上吹着风。也许由于抽烟，我屋子里的味道太重了些吧。

"你结婚了就知道了，**查某团子**很好教的。要花时间，耐心点就是了。"

我没有再回答，斜靠在沙发上，闭目养神。说完这句话，她就轻轻把门扣上走了。

也许女孩子是很好调教的，可是关键是耐心啊。我对自己都那么没有耐心，又会对谁有足够的耐心呢？我连自己都没法子调教好，还怎么调教别人？万一招来的是驯兽师一样的女性，她更喜欢调教你，你可受得了？

[17]

"怪大叔，她们都在动物世界酒吧，你过来吧。"

听声音，应该是马丁那里的服务员。只有她们，才叫我怪大叔。

而且，马丁桌上的电话号码本里登记着我的电话号码。这个城市里愿意听摇滚乐的每一个酒鬼的电话号码，那个牛皮纸笔记本里都记着。马丁喜欢让他的女服务员给我们这些酒客打电话，他说至少她们说的话比较动听。马丁说得没错。

"我有点累了。"

"你已经很久没有过来了。主要是那位叫作'极地飞行'的美女，她要我给你打电话。"

"但是我真的有点累了。"

"大龙他们也在呢。"

"你跟他们说，我很累，先躺一会儿。"

"怪大叔，你怎么了？"

"不行了，我真的不行了。"

[18]

我迷迷糊糊爬起来的时候，已经过了午夜。好歹睡了一两个小时。我看了一眼手机，半个小时前马丁又打过一次。我知道，他们一帮人肯定还在动物世界酒吧。

我开着那辆空调不制冷的破伊兰特出发了。只有在这个时候，这个破伊兰特才是人开的。要不是看在一天的租金才一百块，早就拉去还给他们了。

动物世界酒吧并没有我想象得那么热闹。让人诧异的是，酒吧的玻璃门被撞碎了。我刚到门口的时候，马丁就一脸苦笑着迎出来。

"你错过了看美国大片的机会啦。"

"怎么回事?"

"半个小时前,我正给你打电话,一伙小青年过来,拿着铁棍二话不说就把玻璃门砸了。"

"为什么?"

马丁轻摆双手,摇摇头,做不知如何状。

"你最近有没有搞人家的老婆?"

"我一直是大大的良民呐。"

"那你的酒吧最近有没有卖大麻K粉之类的?"

"有的话我早发财了,还能在这儿,别废话了。"

"报警了没有?"

"象征性地报了。"

我们谈话期间,酒吧的服务员已经把洒在地上的玻璃渣子清扫得差不多了。大龙和一个男服务员抬了一张桌子出来,马丁转身进去,拿了两提小青岛出来。

"还好没有伤到人。我差点以为自己是在美国西部或者巴西的乡村里开酒吧呢,我把钱都准备好了,没想到那伙没头没脑的小青年,这么大一片玻璃砸完,钱也不要就走人了。"

"不抢钱?"

"真是莫名其妙。"

"那只有一个理由——你最近乱搞男女关系了。"

马丁吸了一口气,摇摇头。他下命令,这个晚上谁也不许逃掉,必须陪他到天亮,因为玻璃墙破了,酒吧不能关住。他顺带也招呼几名酒吧服务员过来一起喝酒。大家在一起玩"咬纸片"的游戏。

围成一圈的时候,晓菲跳到我身边来。游戏的规则是,一个人嘴里咬着一张纸片,另一个人用嘴巴接过去,不过两个人嘴里都必须有纸片。依此类推,谁接过去的时候嘴里没有纸片的就喝酒。

这游戏看起来有点儿不太卫生,不过玩起来很 high。一般在玩这个游戏的时候,偶尔我们会喝伏特加,有时候我们会趁着女服务员或者别的玩伴正咬住嘴巴里的小纸片的时候,轻轻把她抱起来,看起来像在接吻。

[19]

天快亮的时候,我们各自躺在酒吧的沙发上靠了一会儿。我已经提前睡过一段儿,所以并不困。天一亮,我打算走了,这时候晓菲也醒来了。

"你睡了吗?"

"没有。"

"那你今天早上做什么?"

"去看一个房子。"

"你要换房子了?"

"没有,去办一个按揭。"

"你买房子了?"

"没有办法。"

"够有办法了。原来是高富帅。既然买房子办按揭,就需要一个女主人,我陪你去吧。"

"算了,这种破事。"

"我想去。"

"不过我得先把车开去换一辆。"

"换玛莎拉蒂？最近发大财啦，又买房又换车？"

"去！这租来的破伊兰特空调坏了。"

"兰博基尼的空调不错。"

"去死。什么车都可以，只要有空调，哪里需要兰博基尼。"

"喊。"

晓菲坐在副驾驶位上，她执意要跟我一起去。我开着破伊兰特，去车行换了一辆1.8的05款凯越。车是老了点儿，不过终于有空调了，感觉浑身舒服了不少。

"对了，你怎么会混到马丁酒吧这里来的？"

"我很久以前在惠南的一个酒吧上班，那是一个纯粹喝酒的酒吧。你知道那种酒吧？"

"惠南的酒吧？那里很多这样的酒吧，音乐噪得让人想干架的那种吧。"

"对。我就是在那个酒吧认识大龙的，后来他带我去马丁的酒吧。"

"后来怎么不在惠南的酒吧混了？"

"后来我发现喝起酒来太伤身体了，我又学不会节制，所以喝酒比做其他的还伤身体。你明白我的意思吗？"

"我明白。没有人应该做伤害身体的事。"

"所以我后来避重就轻，直接一点儿，在按摩店里做，那样钱来得快一点儿。你会不会觉得我很不靠谱？"

"钱来得容易没什么不好。我们没有偷，没有抢。钱来得比我们容易得多的人，多了去了。我从来没有听说他们因为钱来得容易而发愁过。"

"我没有卖，只是按摩。真的，只是这样。但是目前，我的钱已经赚得差不多了。我想我差不多要从这个行业退休了。"

"我也从来没有听人说过她钱已经赚得差不多了。"

"我是说真的。"

"那我就祝贺你,希望你能成为一个守财奴。"

售楼部就在海边。要不是母亲已经订好了,我想也不曾想过自己未来可能住在这里。由于房地产正处于不太景气的时候,价格还可以接受。不过想着那么多的首付款,还真是有点儿望而却步。

"新婚用房吧?我们这边的房子大都是未婚情侣一起来买的。我先带你们去现场看看。"

我正要回答,晓菲就紧紧挽着我的手。看她的眼神,希望我继续扮一名未婚夫吧。

房子在五楼,依海而建,虽然不是靠海的最近一排,不过第一排是三层高的别墅,所以站在入口花园看过去,也就是一览无余的蓝天碧海了。两个房间都有阳台,客房显得很小,客厅倒是宽敞。小区的绿化面积也足,少见有那么大的楼间距,而且楼层不高,所以可以享受的人均公共空间算是很大了。虽然建筑质量看起来不算十分优质,不过至少不是用手就能掰下一块钢筋水泥的那种。

"你放心,别伤了您的手。"

看我用手使劲掰墙壁转角的水泥,售楼小姐有点儿莫名其妙地说。

"我还真掰下来很多毛胚房的水泥块来。"

"我们这里是……"

"不用说,我知道。"

售楼小姐的话你不用听,她们不懂建筑,她们能把牛粪说成黄金，然后再用钻石的价格卖给你。凭着几年记者的经验，我知道看房子应该看些什么。

我检查了一下浴室。水管用的是一般的PU材料，进来之前得好好做防水。同时还得和楼上的好好商量装修时间及如何做防水的事。我对着图纸，仔细查看哪些墙体是可以敲掉的，哪些是承重墙。

"要是半夜的时候，喝完啤酒，在你们这里的花园一住，那该是多么浪漫的事啊？"

晓菲这么说着的时候，售楼小姐开始觉得愕然，随后职业性地莞尔一笑。

"你说是不是？"

她故意拉着我，问售楼小姐。售楼小姐穿着深蓝色的裙子白色竖条纹的衬衫，看起来是一名端庄淑女，不过她仍努力保持着矜持风度。

"不知道。"

"有没有想过试一试？"

"没有。"

我看着售楼小姐被她逗得面红耳赤，心里暗暗一乐。

"不用了，谢谢你。希望你们以后在这里可以过得开心幸福。"

售楼小姐应该是大学刚刚毕业，没有多少男女交往的社会经验，因此脸红到脖子根。我知道晓菲是故意的。有时候，在平静的生活里，我们有时候需要互相挑逗一下，甚至不惜牺牲自己伪装的伟岸挺拔的形象；有时候，甚至这种挑逗是一种冒犯。一潭死水和正襟危坐的世界多么苍凉和无聊啊。我看售楼小姐快招架不住了，职业素养让她努力保持矜持和礼貌。接下来还有很多事要找她办呢，于是我打断了晓菲的话。

"就这么定了,咱们去签合同吧。"

[20]

下车前,晓菲说:"你应该为你的房子找个女主人了。"

这大概也是母亲的意思吧。买了房子,离为房子找女主人这样的事也许就近了。而且,儿子有车有房,还怕找不到合适的女朋友?这是母亲的良苦用心。我倒是愿意按着她的如意算盘走,但是女主人到底在哪里呢?我自己也不知道。

也许她不会出现。谁知道她的出现是幸福而不是灾难呢?我想,我已经没有足够的耐心去应付一个女孩子了。如果是这样,我想我还是暂时一个人过着吧。一个人也可以过得好好的,至少理论上是这样的。我还需要一些实践。

我提着一泡铁观音老茶、一瓶人头马,外加一张 XTX 乐队新出的唱片,来到黄大军门口。他喜欢铁观音,不过胃口比较重,因此一般只喝老茶。酒也喝得凶,极少喝啤酒。

他家的宅子在城西路,一栋三层的老式骑楼,红砖白石。骑楼前面停一辆深蓝色的小切诺基。这就是他想要的座驾。我和以前一样,来他家并不预先打电话。按了门铃,他不情愿地下楼开门,一脸疲惫的样子。

"我昨晚夜班。"

"我知道你上夜班,十二点过后就可以呼呼大睡了,所以没有事先给你电话。"

"呵呵,有时候是这样。"

"上来吧,材料我已经给你查好了。"

来到二楼,他的客厅里放着一张竹躺椅。音箱里正放着Linkpark的《From the inside》,这是我们经常在酒吧里听的音乐。有一段时间,他出门总带着Linkpark的唱片,汽车音响放着,去酒吧还要人家继续放。那是四五年前的事了,那时候我们都刚刚从学校毕业,参加工作,浑身还都是力气,对于生活和社会还充满了好奇,还没有厌倦。

"过几天这个乐队来上海演出。"他从冰箱里拿了一灌可乐出来,递给我。

"我网上听说了。"

"你会去吗?我已经买好了票。"

"我对坐车感到恐惧。"

"你以前不是最疯狂的?"

音箱里的声音还在嚎叫着,那声音多么熟悉啊。音乐是人的生活的印记。当年听这些音乐的时候,我们是多么的盲目和勇敢啊。那时候,我们可以喝得天昏地暗,然后从窗子爬进别人的家里,躺在人家的阳台上睡觉;我们还可以骑着自行车,在国道上穿过一个又一个城市。

那时候,我们浑身都是力气。但是,现在,我却像一个泄了气的皮球。说实话,重听这音乐之前,我并没有觉得自己竟然已经变得如此不堪。

"你能不能把音乐关掉?"

"你不喜欢了?我刚才正在背歌词。"

他伸手把CD机关掉,然后转过身来。

"背?"

"到上海才能融入台下的万人大合唱啊。"

"很好。"

"你现在不听音乐了?"

"听。"

"还好,我以为你老了呢。"

"我今天是——"

"材料我已经准备好了。"

我还没有说完,他就把材料袋从金属 CD 架上取了过来,递给我。那是厚厚的一叠,至少六七公分厚度,封面上他用钢笔清楚写着:

2009 年江府小楼村六十六至七十六岁以上苏姓老人四十六名(含已死亡三人)。

"这还是不完全统计。算上已经办理户口迁移的,还有部分新的楼盘入户的,可能还要多十个以上。还需不需要?"

"够了。"

[21]

四十六名活着或者已经死去的老人。四十六名六十六岁到七十六岁的老人。我现在的任务是,首先搞定这些老人,不管他们是否依然健康活着,或者已经见上帝了,骨灰盒已经与青山绿水同眠。

傍晚的时候,我给那位安徽人打了一通电话,核对了他失踪女儿的信息。

姚紫（现在应该不叫这个名字了吧），十六年前送给江府人，今年应该是二十二周岁，正值青春年华。也许交了一个男朋友，也许一个也没有，也许正有三五名男士对她死缠烂打？也许每天忙着相亲，正需要一笔嫁妆？眉间有一颗痣，看起来像观音菩萨。女儿像父亲，根据他父亲结实的身材，宽厚的脸型，她会不会长得和印度人一样呢？不会，她这个年纪，应该有婀娜的身材，成为"印度大妈"应该是结婚后的事。

接受姚紫的江府老夫妇，男的姓苏，现在年龄大约在六十六岁到七十六岁之间，家住一栋两层的白石房子，如果还没有拆掉，现在在江府应该是文物保护单位了。房子据说是水泥板，白色的石头，石头和石头之间有水泥缝。可是如果连房子都没有了谁还记得什么水泥板和水泥缝呢？门前有一株龙眼树。可是旧时的闽南地区，谁家门前没有一株龙眼树呢？

"我的任务是去找你的女儿，不是找到你的女儿。"

"我明白。你尽力就是。"

"我也不会随时向你汇报我的进度。"

"你按照你的工作计划进行。我不会过问。我关心的是你的工作结果。你如果还需要钱就告诉我。"

"目前还不需要。我需要给你列开销明细吗？"

"我如果自己是侦探的话，就不雇你了。我不管你怎么花的钱。"

[22]

江府是泉城经济最发达的地方，不过，它看起来仍像农村一样，大街小巷，弯弯曲曲的，车开进去可能就堵死在那儿。虽然十多年前，经过一次大规模的拆迁，不过当时的政府拆迁是一点儿一点儿进行的，不像现在的有些部门，财大气粗，想怎么干就怎么干。

由于这一带经济发达，所以，你根本也找不到一栋只有两层楼高的低矮的房子。

巷子大都很窄，出出入入的又常常是奔驰宝马，甚至是悍马，所以我开着的凯越只能以蚂蚁一样的速度爬行。加上我的驾驶执照几乎是买回来的，所以更是开出一身冷汗。周围都是价值上百万的车，随便磕碰刮擦一下，都可能惹起一点麻烦。我转来转去，也不知道哪条巷子转过的次数最多，反正就是没有找到任何一栋石头房。

车开累了，我干脆将车子停在小楼村的老人协会门口。我想，我可以再去找那个酷老头聊一聊。

车停下来息了火，有几位老头朝这边看了过来。不过他们对于开车来的人都不感兴趣。需要租用他们房屋的，大部分是徒步过来或者骑着自行车、电动车的外地人。

"请问那个抽水烟壶的老人早上有没有过来？"

"他呀，不在这里的话，你就去旁边那家美容院看看。你找他干什么？"

我想，我只是问路而已，没有必要把我的年龄、身高、工作和此行的目的与他进行交流。

"没有，路过，随便问问。"

"路过？你是不是推销化妆品或者什么乱七八糟的成人用品的？"

"不是。"

"那你这样的年轻人，最好少跟他在一起。"

"哦？为什么？"

"为什么?我们这些老人的脸面都被他丢尽了。"

"……"

"这么大年纪了,还公开出入美容院、茶馆,还去成人用品店,把我们的名声也搞坏了。"

正说着,那位传说中的酷老头叼着水烟壶,在转角的一棵大榕树下出现了。远远看去,他还是穿着一件白色衬衣,不过外加的小马甲变成军绿色。这么热的天,他竟然坚持穿马甲!

他的头发梳得整整齐齐,脸部依然十分光滑,虽然仔细看去,也有几处老年斑。

"他们肯定在说我坏话吧?"

"没有,他们说你特立独行。"

"何止特立独行!里面这些人看起来老正经,一个个人模狗样的,干的事一点儿也不高级。"

"跟他们比,您是有点特别。"

"不要拿他们跟我比,他们不配。我跟他们不是一路的。"

"不好意思。"

"算了。你看我这面膜做完的效果怎么样?我今天去旁边那个十佳美容店了。"

"十分光鲜,您看起来跟二三十岁的小伙子差不多。"

"很会说话,你找到人了没有?"

"还没有。"

"很难找吗?"

"有点难。"

"需要我帮忙是吗?"

"如果您愿意帮忙,那真是太感谢了。"

他不急不慢地掏出一根中华烟，自己点上，没有用他的水烟壶。

"多少钱？"

"嗯？"

"给多少钱？"

看他不像是缺钱的人，不过我没想到这老头子这么直接。如果可以用钱搞定的，那是最好不过了，只要筹码不太高。

"我能给得起的价位对您来说可能太低了。"

他吸了一口烟，弩起嘴巴，朝脸部的左侧吐了一个烟圈。

"跟你开玩笑，看你紧张的。我跟你说，我的钱一张张，按一百块来算的话，叠起来比你还高比你还重，你信不信？"

"呵呵。信，当然信。"

"我才不稀罕你那么点钱。你们年轻人才需要钱呢，我这么老了要钱干什么用？"

"您不用水烟壶了？"

"无聊的时候才用。"

他一手拿着烟，一手从军绿色马甲的内里拿出水烟壶，在我面前摇了摇。

我微微一笑，把档案袋拿了出来。他顶顶眼镜，看了档案袋的外壳，抬起眼睛，看了我一眼。他的眼神十分老道，好像看清了我的全部心思。

"这个事看起来不简单。可能还真有点意思。"

"也许是的，但是不太好做。"

"你有没有打算请我喝一杯咖啡或者啤酒什么的？"

"如果您老有空，那是我的荣幸。"

"那好，你开车，到五星街的左岸咖啡，那里有德国黑啤。"

[23]

进了左岸,他找了个鸡翅木做的官帽椅坐了下来,径直向服务员要了两杯德国黑啤。你很难想象,一个咖啡屋有鸡翅木官帽椅。我无法将这样的家具与德国黑啤联系起来。原来我们可以这样,优雅地喝酒。作为一个邋遢的家伙,我感到十分自卑。我多么希望自己是个悠闲的优雅的人。但是,那很难。我们不强人所难,也不为难自己。既然如此,就保持目前这个德行吧。

他看出了我的尴尬,说,你这么邋遢的小伙子,我看着挺喜欢。邋遢就邋遢,邋遢也是风格。让人舒适的是,他看起来十分可亲,完全没有前辈的架子。看来,他是这里的常客。

这家冒牌的左岸咖啡,中不中,洋不洋,分两个区域,一个区域是中式的,就是我们坐下来的地方;另一个区域是红色的珠帘,里面的桌椅和酒店里的差不多,属于欧式的。

坐在普通红木制作的官帽椅上喝德国黑啤,这倒是一种奇怪的感受。我想,坐在这个区域的客人,大都不会点什么咖啡或者酒之类的,而仅仅是来喝茶的吧,桌子中间就摆着一副茶具。

"我看你挺对路。"

"谢谢您。我应该怎么称呼您?"

"我姓苏。但是你不能叫我老苏(输),因为我这辈子从来没有输,一路是赢过来的。"

"那怎么称呼您?"

"叫我小老头儿就好,美容院那些丫头们也这么叫我。这样叫觉着亲切。"

"真的可以?"

"没事儿。"

"那我以后真这么没大没小地叫了?"

"你是做什么的?如果我没有猜错的话,就是画家、教师或者梨园剧团演员之类的。"

"我现在没有工作,之前是记者。"

"我看你文质彬彬的,有点文化,应该有干点跟文艺搭边的工作吧?"

"没有。偶尔学习一下书法、国画什么的。"

"嘿,说到书法,我是半个行家。我跟你说,我之前就是靠倒卖书法作品和红木家具发了财的。"

"那您一定是行家了?"

"算半个吧。八九十年代的时候做这个的人少得很。我画画画了一辈子,都卖不出去几张自己的画,没想到卖别人的画,倒是赚了大钱。"

我们的谈话先是集中在书法和红木家具上面。书法还多少可以谈一些,可是红木的知识,我只是在当记者的时候学过一点点。老头子和第一次见面的时候不一样,他非常健谈,也乐意说话。我想,眼前的这个小老头子也许和我们很多时候一样,也是十分寂寞的吧。

"你知道我为什么每天都要去做美容?"

"您比较会养生吧?"

"养生?猪才需要养生呢。养生也是等死。你知道吗?旁边那家十佳美容店里有一个服务员,笑容很好,看起来很质朴。我每次进去,她都是从始至终,笑着服务。"

"她应该很漂亮。"

"长得很质朴。质朴你懂吗?"

"不大懂。"

"你这么年轻的不会懂。"

"她一定很漂亮吧?"

"一般吧。但是你知道,能一直微笑着服务,笑得又真诚的女孩子很少,不是职业化的那种微笑。"

"是啊。那应该是一个很单纯朴实、很有爱心的女孩子。"

"其实我并不是要去做脸部护理,我是喜欢过去那里和她们聊聊天。"

"我理解。"

"像她们那样,乐于和我们这种老头子聊天的,挺不错。你一进去,躺在美容床上,把老脸交出去,就等着开心,欢喜就可以了。多好啊!"

"您很有趣,很健谈,应该很受欢迎的。"

他停顿了一下,喝了一口黑啤。

"在北京和上海的时候是。"

然后他又喝了一口,吐了一个小烟圈,用食指掸了掸烟灰。

"我现在老了,北京上海的那些老朋友也大都去世了。还是回来吧,把最后的一点时间留在自己家乡过。"

"其实这个城市挺舒服的,只要你够悠闲。"

"那是你们年轻人。年轻的时候有力气,只要是有悠闲,在哪儿都舒服。"

我们抽着烟,喝着德国黑啤,一个下午眼看就这么耗着过去了。从来没有和老年人这样单独聊过。我想,要不是他正十分寂寞,也不会选择一个我这样的小青年谈话吧。他告诉我,他一生中有三个老婆,最后一个在他五十一岁的时候死了,此后他没有再娶。孩子们都在国外,有在德国搞哲学的,有在意大利做音乐的,离得最近的一个女儿在厦门大学教书,偶尔会回来看他一下。不过,他可不愿意去打扰她们的生活。

"你要找的这个是你什么人?"他突然问我。

"没有,一个朋友的朋友托的。"

"有钱赚吧?看你这么用心。"

"二十万,首期先付五万。"

"还不错。不过你得按时把钱要回来。现在的人说话不算数的很多,签了合同也不管用的。"

"没关系,他看着给。而且看起来也不是抠门的主。"

"找的是什么人?"

"一个女孩子,今年二十二岁,十六年前被送给你们村的一对苏姓老人。"

"十六年前我不在这里了。那时候我在北京和上海。不过,当时村子不大,我应该都认识。"

"那可否拜托您……"

"价钱呢?"

"嗯?您说。"

"我从来不愿意白替别人做事。"

"那您的意思是?"

"价钱是——等我死了以后,给我送一个花圈。"

"呵呵。"

"钱我比你多,活着的时候花不完。泉城人重死不重生,活在苏杭,死在泉城。所以我回来这里等死了。我的孩子都在外面,谁知道我已经死了多久他们才能赶回来。我没什么朋友了,以前玩得好的要么死了,要么不在这里。所以,到时候你代他们给我送一个花圈。这就是我要的劳务报酬。"

"您会健康长寿,不要这么悲观。"

"这可不是悲观。我们这个年纪的人,对于死已经看得开了。两腿一伸,拜拜,去见马克思了。"

"死不管对谁来说,都是一个严肃的问题吧?"

"看起来严肃,其实也就是一念之间。"

"那么,精神可会超脱生死?"

"小朋友,你想多了。活着就是活着,死了就是死了。没有精神这回事。看开点,精神,多累啊,想那么多干什么?你们年轻人老爱谈理想,谈精神。没有那回事,好好活着,用心去感受和体验,开心就好。怎么欢喜怎么来,由着自己。欢喜,懂吗?"

他看着我的眼睛,我有点胆怯,感觉自己是块透明的玻璃,我的眼神掩饰不住自己的空洞。没有办法,现实是:我的精神生活真的很空洞,像傍晚山间的雾气,一阵暴雨后随时都可能散尽。

"是这样吗?"

"不要对我说的话产生疑问。这样对前辈不尊重。不用想了。这么价格低廉的交易,到底成交不?"

"当然成交。不过,到时候真的送,那也是出于我们的友谊。不是替你的朋友送。"

"这个答案我喜欢。"

我点上一支烟。他已经把一大杯黑啤喝光了。

"嘿嘿。把你的资料袋留下来给我吧,我回头一个一个给你找找。你自己有留复印件吧？我怕我老眼昏花给你弄丢了。"

"有的。"

[24]

回到单身公寓里，我从资料袋里取出那四十六份材料，仔细对照了起来。

四十六个老人里，长得最像"小老头儿"的，是一名看起来六十出头的老人。照片里的老人双目炯炯有神，同样穿着衬衫和马甲，额头上和下颚两边有一点儿微微的皱纹，头发应该是染黑的。虽然岁月把他的头发全部变成银白色的，但是他的脸却返老还童般奇迹地保持得光鲜红润。

户口簿的复印件上，除了作为户主的1932年出生的苏正外，其余的户口不是死亡注销，就是迁出。也就是说，小老头儿在大城市漂泊了大半辈子，最后回到这座小城市成为"留守老人"。每一个人都是独立的，你的配偶、孩子，他们也只是他们自己。你爱他们，就只好成就他们。人没有必要这样纠缠在一起，亲人朋友也这样。当然，你如果爱纠缠，那你就去寻找另一类幸福。

[25]

"你想过以后要做什么吗？"

"我也许会留下来，在这里接阿姑的衣钵吧。"

"阿姑要求你们这样做?"

"没有。但是我明白她的意思。她最希望我们这三四个人里,有一个人能留在这里。"

"那其他的几个呢?"

"她们说也要留在这里,这里才是我们的家。我们也没有其他的家了。这里还有这么多的师弟师妹,都需要人照顾,我们走了他们怎么办?阿姑会老的,她已经逐渐变老。她以后也需要人照顾。"

"你有没有好朋友?我说学校里"

"有一两个,都是女孩子。"

"她们常来这里看你吗?"

"偶尔来。"

"生活上会遇到什么不方便吗?"

"会。比如和阿姑一起去给人家做法事,就去过我们班一个同学家里。他奶奶过世了。我们在他的家里做法事,我和两个同班的师妹都觉得很尴尬。以后在班级里,我们就没有再和他说过话了。"

"你现在是初二了吧?"

"是啊。不过我可能读不到毕业。"

"为什么?"

"阿姑给我联系了一家佛学院。"

"你真的要去吗?"

"我想,我会去的。阿姑之前有问过我的意见。"

"你答应了?"

"答应了。而且阿姑已经向佛学院申请了,可能下个月就去了。"

"你该不会剃度吧?"

"也许吧,看缘分了。不过阿姑说,要到十八岁以后。十八岁以后我们才可以剃度。"

几年后，静宜已经出落得亭亭玉立，她属于半月庵的小姑娘们中年纪最大的一拨，除了已经基本治愈的先天性心脏病外，身体方面没有什么疾病，在庵里是"静"字辈的。当时做新闻的时候，她那穿着浅蓝色出家人服装的楚楚动人的笑容，感染了非常多的观众。

我当时卑鄙地试图让她哭出来，因为这样可以为半月庵筹得更多的善款。那时候，她只有十二岁，正在上小学五年级。

"阿姑那么老了，总有一天会百年，你有想过，以后你们这些孩子怎么办吗？"

那时候，阿姑正在病中，半月庵已经接近弹尽粮绝了。我狠心的问题让静宜的眼泪一下子滚了出来。有时候，你当一名记者，必须暂时变得卑鄙，朝着你自己所谓的善良愿望。

有什么办法呢？世界并不是十全十美的，我们更不可能是。眼泪是最带目的性的东西，特别是女性的眼泪。你得想方设法达成自己的目的，只要不去杀人放火，没有几件事情是绝对不能做的。好歹我们还有一个善良的愿望。有些职能部门很无耻，很多问题都回避不解决。比如半月庵行将没落或者消失，这些不是有些部门乐意思考的事情。但是作为记者，我们必须逼迫他们去思考和行动，即使手段粗糙了点。

"你有想过自己以后怎么办吗？在你们这些同门里，你是比较大的，要是阿姑没有了，以后谁带着你们呢？"

我越问越狠。有时候，我是没心没肺的。没有办法的事，你不单单靠心和肺生活，你还要靠身体，靠手脚和脑袋生活。我把半月庵的小孩子们问得哭成一团。

我真是坏人。可是，好人在哪里呢？我所见过的好人，他们看起来单纯,其实他们根本不用脑子过生活。社会这么糟糕,环境这么恶劣,你怎么能当一个傻乎乎的好人呢?在这个乱七八糟的环境里,你的善良不带着一点儿邪恶,那几乎是不可能的啊。

走在半月庵的石条地板上,我忽然觉着自己有点老了。在这些纯洁的小姑娘们面前,我是多么不堪和邪恶啊。

"你觉得自己在这里的生活苦吗?"

"不苦。"静宜收拾完眼泪,微笑着回答。

"会想爸爸妈妈吗?你的同学,半月庵外面的朋友,他们都有爸爸妈妈。"

"有时候会想。不过,对于我们来说,阿姑就是我们的妈妈。我们还有慈悲的佛祖。我们已经很满足了。"她眼角带着泪的微笑,在镜头里多有表现力啊,在这个浅浅的笑容背后,是隐隐的心酸和苦楚。尽管我已经将镜头推了进去,整个镜头里只有半张脸了,但是有多少观众会费心思去捉摸别人的悲哀和苦难?

幸好,还有慈悲的佛祖和一些善良的人们。半月庵挺了过去。

"阿姑出去了是吗?"

"她给人家做法事去了,隔壁村有一个老人昨天去世。"

我给孩子们上了一节写字课后,往添油箱里放了一千元。我想,我该回去了。

[26]

"你怎么这个时候就辞职了呢?咱们单位又涨工资了。"

我刚走进办公室的时候,西装笔挺的办公室主任就对我说。

"真好,终于又涨工资了。"

虽然这已经和我没有什么关系了,不过,想想那帮还在一线奔跑的兄弟们,收入要多一点儿了,还是得替他们开心一下。

"你还回来吗?你的辞职手续我们还没有给你递交上去。你现在回来还来得及。"

"不了,谢谢你们。"

"你是来办理五险一金的手续吧?"

"嗯。"

"你真的确定不再考虑一下了?"

"是的,谢谢您的美意。"

"电视台少了你这样一名优秀的员工真是损失。"

优秀的员工?还在上班的时候,为什么从来没有听说我也是一名优秀的员工?我知道,这样的客套话他们每天都要说上一箩筐。工作几年下来,我每年的考评都是及格。事实上,我也确实不是什么优秀的员工。我每天带着极大的困倦上班,要么耗在办公室,要么在外头四处溜达到处耗着。几乎没有什么事能提起我的精神,车祸、凶杀案、跳楼、溺水,你每天都面对这样一些事情,一开始还有点意思,但是接下来是无休止的重复。就是这些。虽然偶尔也来一点儿有意思的,但是当你老了,慢慢变老了,你会变得厌倦。我完全打不起精神来,如果不是非常重要的新闻,我总是想,就这么蒙混过关吧。你的态度决定你是一个糟糕的记者,没办法,在这里,我没有理想,也没有为之打拼的目标。

"你们随便再招一个,半年时间就做得比我好了。而且新来的同事不会像我以前一样,天天迟到。"

"嗯。你迟到是太多了,我每个月都要扣你五六百块的奖金,真的是于心不忍啊。"

"谢谢,我着实不是一名好记者。"

"不过你倒是从来没有耽误工作,每次总是迟到五分钟、十分钟的,真是奇怪。"

"我这个人没有时间观念,做不好工作。"

"不管怎样,你在电视台的时候,仍是一名优秀的员工。"

"一名优秀的员工。"这样的话语听起来更像是给我做的盖棺定论。

在一个老同事的葬礼上,我亲耳听到他们也是这样声情并茂地评价他的:

"你是电视台的一名优秀员工,你的精神将在同事之中永存。安息吧,好同志。"

我想,他接下去是不是要说:

"安息吧,好同志。"

[27]

从单位出来的时候,太阳已经下山了。这个时候我才发现,自己肚子已经空空如也。早上十点钟匆匆吃了早餐,到现在我还没有吃过饭呢。

这时候,电话响了,是马丁的。

"你快过来,那天晚上砸我们酒吧的坏蛋抓到了。"

"真的?"

"刚刚派出所打来电话,说已经抓到了。"

"那就好，社会安定了。"

"安定个屁。我当时报案的时候跟他们说，电视台和报社都来采访过了。"

"你够狡猾的。"

"过来庆祝一个，一会儿派出所带坏蛋来指认现场。"

来到马丁的酒吧，我抓起一些牛肉粒就是一阵猛啃。"咕噜噜"喝了一个扎啤，肚子总算得到安慰了。

过了一会儿，警察过来了。他们从一辆白色金杯车上面押下来一个嫌疑犯。当了几年记者，这些警察大都面熟。犯人带着脚链和手铐，认真一看，似乎以前采访过挂在他名下的案件。

"犯过很多次了，你也报道过的。以前那起抢劫案件，躲到路边的草丛里不出来，后来被村民用火攻。记得吗？"

跟我说话的是派出所的指导员，很年轻，有点小背景。

那是两年前的一起抢劫案。劫匪抢劫了两个过路的阿姨，将她们的耳坠子连同耳朵的一点儿肉一起揪了下来。然后一路狂奔，被附近的青年追到公园，无处藏身，就躲到公园的一处草丛里。由于是一座几乎废弃的即将被拆迁的公园，因此草很茂盛。而且劫匪身上是不是带了凶器，也不得而知，一时还真难搞定。

我们到达现场，架上机器的时候，小偷还没有出来。现场围了许多市民。警察也来到了现场，一些市民站着看了半个多小时。后来人越来越多，大家按奈不住了，于是有市民提议用火攻。还没等警察发话，已经有市民捡了一些干草，用打火机一点，扔进了草丛里。由于很久没有下过雨了，又是秋天，草丛着了起来。现场烟雾很呛，笨贼不得不举起双手，跑了出来，束手就擒。

眼前这名身强体壮的小伙子就是当天的那个笨贼。不过他怎么会瞄上马丁的酒吧呢?

"他负责帮人家讨债,不过砸错酒吧了。"

[28]

世间万象,妙趣百生。天上有时候掉馅饼,有时候掉铁饼,但是只要天还没有塌下来,又有什么关系呢?

"还好,人家出钱买的只是砸人家玻璃这件事,要是雇主多出一点钱,买的是脑袋,你的脑壳可就搬家了。"

"说得也是。福大命大,感恩。"

警察押走笨贼之后,我们一群人又嘻嘻哈哈起来。这也算是生活中一个有趣的小插曲吧。坏蛋是抓到了,不过这样的坏蛋,至少是三进宫五进宫的,你想从他那里讨赔,门儿都没有。尽管如此,大家还是一致要求马丁请酒。

"被人家砸了我家玻璃,还要请你们喝酒,这是哪门子道理啊?"

说归说,马丁还是让服务员扛了一桶十升的鲜啤出来。熟悉的人都来了,这又是一个欢乐的夜晚。他们在动物世界酒吧的聚会很多,和我年轻一点儿的时候一样,喜欢聚会,疯狂地喝酒,想尽办法讨好身边的女人,花掉每天赚来的那一点点钱。

这里是苦难的社会,这里是欢乐的社会,这里是流水式的生活。几年前,我也像他们一样,每一天都是从一个聚会爬到另一个聚会。有时候你会想,年轻真好,但是更多时候,你会想,年轻真傻。

但是变得聪明和势力,又怎样呢?一样讨人厌。

[29]

十点多的时候母亲又打来电话。

"你又在喝酒?"

"应酬。"

"怎么是那么吵的地方?"

"酒吧。"

"别给我带回一个酒吧女当儿媳妇。"

"您想多了。"

"不得不想。不过话说回来,哪怕带个酒吧女,只要能生儿子的也比打光棍好啊。"

"我没有找酒吧女。"

"按揭办了吗?"

"办了。"

"最近电视上怎么总是看不到你?"

"我退居二线了,现在是老员工,做里面的工作。"

"升职了? 有没有涨工资?"

"没有升职,也没有涨工资。"

"就猜你没这个出息。"

"嗯。"

"你以后每季度照样得给我存一万块。我把之前帮你存的钱,贴上我自己的,都给你当首付了。"

"嗯。"

"会不会压力太大?"

"付不起的时候再跟你说。"

"别硬撑着。"

"嗯。"

"你年纪这么大了,我不得不替你想着啊。"

"知道了。"

我从冰箱里取出几包"观音王"茶。那是辞职之前去上海采访"观音王大赛"时候,主办方赠送的。一个金光闪闪的包装盒,看起来块头不小,可是一拆进去,只有八泡茶叶,每一泡茶叶用一个小铝盒包装着,铝盒里面还有塑料袋,塑料袋是真空包装的,拆开后还有包装膜。从包装盒开始拆,你需要拆掉四五层外包装,才能见到那八克茶叶。

"你对铁观音的印象怎么样?"

"你们铁观音的包装够奢华。"

在市民广场上,上海市民是这么回答我的。从他们的眼神里可以看出,他们确实被这一层层的包装盒迷住了。

"反正消费者乐意购买这样的包装。再说了,这么贵的铁观音,本来就是用来送礼的。"主办方在私下谈天的时候说。是啊,只要有人买单就可以了。这是商业规则,你想赚钱,就要遵循这样的规则,否则,你就当穷光蛋去吧。

社会很残酷,穷人的钱很少。

"你想赚钱,那就赚有钱人的钱,只有这样你才能成为富人。"

可是,很遗憾,混了三十几年,我终于明白了一个道理,我身上没有成为富人的任何潜质,除非天上真的会掉狗屎。

我带着几泡"观音王",开着租来的凯越,再次来到江府小楼村老人协会。当我说出我要找穿马甲的老人时,他们再次对我投来异样的眼光。

"看你挺正经的小年轻,少去找那个老家伙。"

"我找他有点事。"

"他在马路边的那家东方宾馆里面。"

"在宾馆里面?"

"你不知道啊?他一直住在那里,你去试试看。"

我把车开到所谓的东方宾馆。宾馆应该是二十世纪九十年代的老房子,但是建得老牌大气。据说最早是国营的旅馆,后来私人承包。宾馆倒是收拾得干干净净。来到服务台,服务小姐一听是找常住的老人,立即拨了个内线电话,然后告诉我老苏住在二楼角落的那个房间,让我自己上去。

"您是苏老先生的亲戚?"

"朋友。他长期住你们这里?"

"嗯。苏老先生人很好,从来不麻烦。"

"他朋友多吗?"

"应该很少吧,很少见到有人找他。"

宾馆没有星级,不过从装修、楼道的地毯及走廊的壁灯来看,环境还算不错。

在泉城所有这样的宾馆里,只要你一进房间,马上就会有电话响起。

"您好先生,请问需要特殊服务吗?"

宾馆里大都有这样的服务,所以有本地人走进宾馆,八九不离十是来做什么的,大家也就心领神会。

我轻轻敲了门。没错,是小老头儿的声音。

"不好意思,这时候来会不会打扰您?"

"没事,你进来吧。"

"影响你的快乐生活了?"

"哈哈,没有,我住在这里。"

"您有时候住在这里?"

几番打交道下来,我知道他可以随意轻松地开玩笑。他的世界,底线很低,道德上的可以和不可以的界限,全部必须经过他自己的考量。这是一位值得信任的前辈。这位叫作苏正的老人真的如老人协会的老头们说的那样?他真的每天在这里花天酒地?不过,即使真是那样子,又怎么样呢?只要身体健康,不管什么年龄,你有性生活方面的生理需求,这不是很正常吗?

"怎么,你感到惊讶?"

"那倒不是。"

"您在这里不是有房子?"

"房子那么大,还要收拾。雇个保姆,再雇个厨师什么的,那么麻烦,我还不如直接住宾馆呢,每天有人收拾。"

"那倒也是。"

"你是不是觉得,咱们这儿的宾馆都是提供特殊服务的?"

"是有很多人这么认为。"

"他们都这么认为,那些打麻将的死老头子都这么想。这么想也没错,他们爱怎么想就怎么想。"

"是啊。别人怎么想是他们的事。"

宾馆房间收拾得很干净,一张藤制的茶几,一台吸壁式电视,还有一个小阳台,阳台外面绿树掩映,后面就是一个福利院。

"你知道阳台外面是什么单位吗?"

"好像是福利院?"

"对。我住在这里总比自费住在福利院里被人管束舒服多了吧?"

这时候,一名清洁工进来了,提来了开水。老头子进了洗手间。我环顾了一下屋子,里面没有什么特殊的摆设。引人注目的是,在宾馆的酒柜上,放着一个檀木小博古架,架子上放着一根玉簪。我想拿起来看看,不过清洁工阿姨叫住了我。

"别动它。这个屋子里什么都可以动,就是不能动那根玉簪。"

清洁工阿姨出去了,小老头儿从洗手间走出来。

"这根玉簪很别致吧?"

"是的。"

"它是我妻子留下来的唯一的纪念品了。"

"哦。"

"直奔主题,说正事吧?我这辈子剩下的正事也不多了。"

开水来了,我们泡起铁观音。他用的是一个石制的茶盘,什么类别和等级的石头我就不清楚了,有点像歙砚的形状和材质。茶很香,有余韵,他很满意,不过没有说什么。

"我仔细对照了一下,那时候家里有两层石头房子的有十三个老头儿吧。然后其中家门口有种树的是六个。这六个呢,我问了一下,自己没有儿女的有一个。但是有过继的儿女,又没有听说抱养过女儿。"

"也就是说排除一下,只剩下五户人家了?"

"对。我仔细再对照了一下这五户人家的户口人数,也问了村里的老家伙,都说没有这样的人。"

"那……"

"没关系。目前先到这里,回头我再帮你核实一下。这五个人中有一个是我比较熟悉的,叫苏渊明,是我的朋友。他没有养女,不用再问了。"

"谢谢。"

"你别忘了送花圈的事就对了。"

"您别老这么说,听着心里发毛。"

"而且,我希望是,花圈上写着:'小老头儿师傅千古'。"

"您怎么要求都行。"

"好了,就这样吧。你今天带来的茶叶很不错。"

"谢谢。"

出门前,我把一张名片放在他的桌上。

[30]

"别忘了送花圈的事。"

回到家里,这句话始终萦绕在我的脑海里。与老年人之间的沟通是紧张和困难的,因为他们洞悉你的一切行为和动机。你要注意和他们说话的方式,以及说话的内容,你得尽可能做得得体。而且每个老头子都有自己几十年以来形成的生活经验和习惯,你必须观察出来,在他那里,什么是可以做的,什么是不可以做的。每一个认真生活了几十年的人,都值得我们用心去尊重他。

在小老头儿面前,这样的担心已经不是很必要。不过,跟老年人深入接触着实不是一件容易的事,好在事情也许很快就结束了。

"别忘了送花圈的事。"

我想,如果真到那一天,我会信守承诺的。

二十万难道真的来得这么容易?

[31]

回到家里,我开了一灌500毫升的青啤。肚子开始在叫,不过这个时候,我只想要啤酒,冰冰凉凉,直通肠胃的啤酒。

已经十点多了,楼下的广场舞阿姨还在摇晃。只要开心,她们可以摇到十一二点。这是出租公寓,住的都是外地人,她们是本地人,拆迁赔偿户,没有人敢对她们说三道四。楼下的小广场离她们的安置小区还有一百多米的距离,她们的父亲母亲,她们的儿子孙子不会受到干扰。小广场是她们的,小广场地下三千米地上三万英尺,都是她们的。所以她们可以尽情地唱、尽情地跳。她们闲来也练习太极拳,你要是对她们有意见,她们的腿脚会伸展开的,她们的泼辣,准叫你受不了。打开电视,是一场NBA球赛。我把声音调到最大。自从踏入电视这个行业以来,我就几乎不在家看电视了。我只看《动物世界》和《体育世界》。因为这两个节目最本质最激越。此外,任何节目都会视觉疲劳。你得有多么无聊,才能把时间花在看电视上啊。

屏幕上是湖人夺冠的重播。这一届NBA,没有了姚明的火箭队跟湖人竟然死磕到第七场,有点儿不可思议。不过,这应该是NBA总裁斯特恩最希望看到的结果。不管是比赛的可看性,还是广告门票收入等等,都将获得满堂红。休赛期间,球员们将会有一段时间大流窜。浑身肌肉的勒布朗·詹姆斯下赛季将投奔哪个球队?他是未来主宰 NBA 的球员,至少目前看起来是这样。科比·布兰特会变老的。谁都会变老的。

体育也是一笔生意。身体也可以是一笔生意。什么不是生意呢?

我从柜子里拿出一本《张黑女墓志》。这个帖子我已经抄了几十遍了。在歙砚上倒了一点云头艳,拿出一根狼毫,铺上尺六屏的手工毛边,煞有介事地写了起来。

"张玄,字黑女。"

为什么会有这么奇怪的字?字在古代还是尊称,难道黑女也是尊称?难道在魏晋这个放荡不羁的时代,叫人家"黑女"、"黑妞"、"黑狗"之类的,也算是尊称?我的心思似乎不在字上面。肯定不是这样子的。我书读得还不够,好处是可以漫无边际地瞎想。这些从墓碑上拓下来的文字,散发着一种奇怪的阴森森的气氛,特别是帖子拓下来之后,大都是黑底白字,写的时候更是让人透不过气来。魏碑是慢的书法,相对于法度森严的唐楷来说,它厚重一些,但是自由一些。不过,几乎所有碑帖都透着一股让人喘不过气的压抑,但是那和生活的真实步调正好一致。一个人的生活得多么压抑、沉闷和无聊,才会喜欢魏碑啊,那夹着腐尸味道的魏碑。

除非你已经参透生死,或者带着向死而生的意志。可是有时候,当你一个人,什么也不想做的时候,这种"古墓派"的文字,也许恰好适合你。面对着他人的坟墓修炼,你也许能看清楚自己的坟墓。面对着埋白骨的青山,你会更坦然地活着。

一抔土,一块碑石,上面镌刻着:傻×来过。所有碑志,胡乱吹捧的、自负的、踌躇满志的、毁誉参半的,一切辞藻都是虚空,墓碑上镌刻着的,其实就那么几个字:傻×来过。

临了二十分钟,手机就响了起来。

"你能来茶馆看看我吗?"

已经一两个月没有收到一条短信了,除了垃圾短信。我讨厌手机短信,它太不干脆了,黏糊糊的,像鼻涕一样。有什么话还是电话里说,直接爽快,发短信是一件让人烦恼的事。

我在一张四尺对开的毛边纸上,用"张黑女"上面的字体,工工整整地写了四个字——"我想你了"。然后,我把这四个字拍下来,用微信回了过去。

刚才那条短信是晓菲发的。

[32]

"喂,你有没有想过自杀?"

"没有。"

"为什么?"

"因为我还没有活够。"

"你活着不寂寞吗?"

"寂寞伴随着生命的始终,你要正视这样的现实。"

"可是,你不想解脱这个寂寞吗?"

"解脱?不可能的。你认定了它,然后做一些无谓的抗争。只能是这样。"

"那你还想活?"

"做人的乐趣,就在于与寂寞的抗争。就像基督教告诉你的,作为人,你是有罪的。这接下去还怎么活?无论你怎么做,你都是有罪的。然后,你只能正视你自己作为一个有罪的人这个事实,然后与所谓的罪恶抗争。这就是生活的内容和生活的意义。生活有意义吗?"

"你太吓人了。不过我喜欢和你说话。"

"我希望你还喜欢和我在一起。"

"有时候喜欢。"

"我告诉你,最近我每天都做一个梦,就是我一个人,什么衣服也没有穿,然后在森林里奔跑。我那么年轻,身体多漂亮。可是我跑着跑着,就忽然想到一件事情。高考就要来了,只是一刹那,考试就开始了,我看着数学考卷,什么也不会做,懊悔万分。然后,我就在考场上哭了。醒来的时候还哭着。"

"你高中毕业了?"

"是的,但是没有考上大学。"

"你很希望自己考上大学?那会改变你的命运?"

"是的。你想,我长得也不错,要是还是个大学生,我的生活应该会很好的。"

"你现在也挺好的。如果你上了大学,也许为了当上个副主任,现在正在某个办公室里,和某位大腹便便的局长做接下来我们将要做的事。我想,那样的人生不见得是你喜欢的。"

"没那么糟糕吧?"

"你眼睛里写着欲望,很有可能。"

"那我现在过得还很不错?"

"很不错。"

"可是我以后也许还会做这样的梦。"

"那以后你做梦的时候,带上我一起去森林里跑,我也不穿衣服。我们在森林里裸奔,累了渴了,就捧一口溪水畅饮,这样你就容易忘记考试的事。"

"万一我又想起考试的事怎么办?"

"那你就继续追梦,我们就继续在森林里奔跑、野合,或者跳进溪里游泳,直接游到现实生活。"

"那你会做梦吗?"

"是个人都会做梦吧。"

"你都梦见些什么?"

"我的梦很无聊。"

我的梦确实非常无聊。很长一段时间,一座荒芜的破城堡,或者只是碉堡吧,老出现在我的梦里。在梦里,它很高,像欧洲童话里直插云霄的城堡一样,有尖尖的屋顶。那座灰色的城堡,砖头正在一块一块地往下掉,每一块砖头都完成一次坠落,无休无止的坠落。这就是我的梦的全部。

多无聊啊,我的梦。

[33]

我和晓菲来到动物世界酒吧的时候,马丁正在吧台和新来的服务员调情。酒吧里一共只有三个人,两名服务员,一名独自在吧台里边洗杯具和盘子。

"你怎么总有这么多漂亮小姑娘,什么时候给我介绍一个?"

"有本事你自己来找，我这里是开放式经营的酒吧。"

"你的酒吧足够开放吗？"

"你问问她们，开放不开放她们说了算。"

马丁转过头对新来的服务生说。身材瘦削的她只是露出一个得体的微笑。她站在吧台里面无法判断出身高，从她修长的手臂看来，应该有一米六，体重大概不会超过八十斤吧，不过她睫毛卷翘，脸部又装修得很白，因此眼睛看起来很大，很性感。这符合马丁的审美，我看过他的油画，画中的女性一律大眼睛，整张脸白得没有血色，白得甚至有点病态。没有哪个男人不喜欢病态又性感的女人。

酒吧里的服务生几乎每半年就彻底换一拨，由于工作时间和正常的上班时间不一样，收入也不算高，所以这里经常流动的都是大学刚刚毕业的时尚女青年。"总有新鲜的肉体和血液在酒吧里流动"，马丁每次都这样说。或许，这就是他会把酒吧一直开下去的理由。"虽然酒吧不怎么赚钱，不过这里总是有闪光的欲望和肉体，让你执迷不悟。"马丁说自己坚持开着酒吧是执迷不悟。他说，等他开悟了，他就真的不开酒吧了。谁知道，没有了酒吧的马丁是怎样的，每天都躲在画室里，或者是一个穿着草鞋四处云游的马丁？这些形象在我的脑海里闪过。

我们正聊得开心的时候，门忽然很大声地被踢开。等我们回过神来的时候，两个穿着迷彩服的男人举着枪对着我们，他们扎着蓝色的头巾，脸部用一截伸缩性极大的袖子套着，只露出眼睛。两个人持着一把冲锋枪，一把手枪。持着冲锋枪的男人身材矮胖，而拿手枪的虽然看起来瘦削，但是又高又强壮。

"不许动，把钱统统拿出来。"这名高大的男劫匪声音很有磁性。

我们这是在唐人街的酒吧里吗？晓菲已经吓得目瞪口呆，她紧紧拉住我的手，手心已经出汗了，额头也逼出汗来。

我把钱包拿出来，取出身份证，然后将钱包扔在茶几上。晓菲见状，也把包里的钱包拿出来，取出身份证，扔了过去。吧台那边，站在马丁旁边的新来的服务员已经哭出来了，不过声音极低。马丁左手抓着她的头，轻轻抚摸着，右手则绕过她的背后，放在她的腋下，已经快要接触到她的胸了，他们两个人靠得紧紧的。他那张马脸，还露着一丝微笑，临危不惧，拿起吧台的啤酒呷了一口。他们两个人站在一起，很有英雄美女的姿态。

两名劫匪于是朝着吧台走去，高大的走在前面，矮胖的跟在一侧。

"把钱统统拿出来。"高大的男劫匪声音依然带有磁性。

我和晓菲回过头去，这时候，她双手抓着我的两只手臂，掐得紧紧的，头靠在我的肩膀上。马丁晚上的营业额全完了，我心想。

泉城竟也会发生这样的事？实在出乎我的意料。新闻里报道过持枪抢劫运钞车和金银首饰店的事，但是还从没有听说如此大动干戈持枪抢劫一个摇滚酒吧的。难道笨贼们已经丧心病狂到连酒吧那几个小钱也要持枪来抢？

这时候，马丁将手中的啤酒直接横向向两名劫匪泼了过去，接着是马丁身边的服务员的一声怪叫。我和晓菲心都提到嗓子眼了。啤酒在劫匪的脸上喷溅开后，撒了一地。但是出乎意料，枪没有开。随后是一阵爆笑。

"撞坏我的玻璃门老子切了你们的小鸡鸡！"

被泼了啤酒的"劫匪"摘下面具，原来是大龙和一个高高壮壮的陌生人！

晓菲脱下高跟鞋，扔了一只过去，砸在大龙的后背。随即，她一跃而起，手里拿着另一只高跟鞋追了过去。大龙丢下假枪，四下逃窜。而他的那位朋友则脱下帽子，十分得意地站在吧台边，露出满意的笑。

闹了一圈，大家安静下来，围着茶几坐在一起。

"够刺激吧?"

"刺激你个大头鬼。"

"我们今天去一个实训基地玩狙击，每个人穿着专业的野战服，拿着专业的配备，玩了一场很过瘾的实战。"

"别玩到我这儿来啊。幸亏没什么客人，否则老子搞死你啊。"

"怎么样，你那摊事情能不能搞定?"

"可能吧，有一点进展。"

"钱到手了吗?"

"分期付的，第一期五万已经到账。"

"要给你介绍费或者提成吗?"

"我够花了，不赚这个。不过，晚上你请客。"

"你晚上惊吓到我们了，还敢要我们请客，你是不是没吃够高跟鞋的鞋跟?"晓菲一下子跳到我的膝盖上，一手指着大龙，恶狠狠地说。

"莫不是你吓得尿裤子了?"

"老娘的裤子干着呐。"

两个人逗了一会儿嘴，大龙被罚了三扎啤酒才算了结。

"这么快办完了，那剩下的十五万怎么办?"

"还没有完呢。再说了，他爱给多少是多少。"

"这不行。既然找你了，这就是生意。说话要算数的。我明天给他打个电话说一下。"

"不用了,等找到了再说吧。"

"找到了要是他不认账了怎么办?"

"找到了再说。"

"好吧,按你的意思。如果找到了,他不给钱,我们俩带上晚上的枪,帮你讨债去。"

[34]

一早起来,头还有点痛,也许昨晚喝太多了。又是那个梦,砖头一块一块地坠落,我站在城堡旁边,连移动脚步的力气都没有。砖头掉得越来越多,每一块都是以慢动作的曲线掉下来的,在地上扬起一点儿灰尘。

多么枯燥无聊的梦啊,但这就是生活。你得正视你的生活你的梦,不管它是怎样的。还好,这一次,我不是被楼下的广场舞音乐吵醒的,她们在楼下叽里呱啦地谈论着什么,有说有笑的。

我揉了揉眼睛,给黄大军打了个电话。

"认不认识江府公安局的人?"

"那些材料有用吗?"

"很有用。我的寻人名单目前已经缩小到五个人了。"

"那你要请我喝酒。"

"没问题。"

"什么时候?"

"你认不认识江府公安局的人?"

"有一个小楼村的片警,我同学。"

"正好。能不能跟他打个招呼,我去找他咨询些事。"

"好吧,记得请客。"

"要不要红包?"

"哈哈,你愿意给的话我照单全收。"

"不是。你同学要不要给他红包?"

"你看着办,如果很麻烦人家就多少给一点儿。"

"明白了。我下午过去找他。"

我洗了个凉水澡就下楼了。有一段时间没有吃早餐了。辞职之后,生活就乱了,也许"日经期"也紊乱了吧。没有规律的饮食,应该会导致没有规律的生理周期吧?

要让自己好起来,优雅起来,把自己收拾好一点儿。我时常给自己发出这样的警告,但是没过几个小时,这些念想就又烟消云散。

"每天要吃早餐,特别是早上要吃一个鸡蛋,这样身体才能健康。"我的前女友每天晚上都这么对我说。"每天早上吃一个鸡蛋。书上说了,鸡蛋能变成精子,所以吃蛋黄能增强性能力。"她每天上班的时候很悠闲,总有时间去研究这些生活琐事。

我对于这一套理论不感冒,每天七点半就起床下楼去吃鸡蛋这样的事情也让人十分难以忍受。如果不为了那一颗鸡蛋,你大可睡到八点钟,然后再打计程车上班。尽管有时候因为塞车会迟到,但是半个小时睡眠对于我来说,非常重要。

"你完全可以把自己的生活安排得更好一点儿。"前女友说。我已经几个月没有给她打电话了,以后也不会再给她打电话了。

是的,我的生活可以安排得更好。每天不喝酒,不抽烟,按时上下班,娶妻生子,每天接孩子上下课,有空就回家做饭,多帮老婆打扫屋子。可以做的事情有很多。

可是天晓得，安排好了的生活是怎么过的呢？

我在楼下的面线糊摊子要了一碗面线糊，加了醋肉。

"要不要再来一个茶叶蛋？早餐应该吃一个茶叶蛋。"老板说。

"不了谢谢。"我慢慢地喝下一碗面线糊，肚子舒服多了。

喝完面线糊，正准备打道回府的时候，手机又响了，是黄大军。

"喂，我给你联系好了，你早上就可以过去找他。"

"早上？"

"是的，我打电话给他，他爽快地答应了。"

"那我一会儿就过去？"

该死的，昨晚的酒劲还没有退呢！

"去吧。我跟他说，你是私人侦探，会给红包，他就显得特别积极了。"

"那？给多少？"

"你看着给吧。"

[35]

我把车停在门口的时候，一个胖胖的男人慢悠悠地走了出来。

"你是军哥的朋友？"

"是的，麻烦你了。"

"没事。大军的朋友就是我的朋友。"

进了门，我把装在信封里的五百块钱放进他口袋里。当记者的时候，我也收到过一些红包。生活里到处都是潜规则。不过，没有潜规则的规则，有时候也是一种潜规则。生活里的规则和这句话一样绕得人喘不过气来。

"要当好记者，你首先得学会见到人说人话，见到鬼说鬼话。"我刚入行的时候，一位前辈这么告诫我说。我曾经试过，把自己变得人不人鬼不鬼的。但是，我发现坚持这么干下来很不容易。在人与鬼之间，你怎么扮演这个角色，这对演技的要求并不低。我干不来。

"你要查什么？"

"这五个人的家庭情况，十六年前有没有收养一个六岁的女孩子？有没有户口的都算。"

我把事先准备好的名单和身份证号码推了过去。他拿出一根中华烟自个儿点上。也许我应该先给他递一根烟，但是我忘了。不过，如果我要是学会了任何时候和人家见面就先递上一根烟这种事的话，那么，我现在也许就不会这么落魄了。

"五个人？"

他掰着手指算。"五"这么小的数字，需要掰着手指算？我看着他左顾右盼的样子，大概知道是怎么回事了。显然，他觉得我给的少了。

"大军说让您买一点儿啤酒，小意思。我就只有带这么多了。"

更多的钱应该我自己用来喝啤酒。眼前的这个胖乎乎的大家伙，他已经很胖了。他如果喝下这五百块钱的啤酒，肚皮撑起来，衣服一定会被撑破的，要是接着再喝下去五百块钱的啤酒，不光是衣服连他的肚皮都会胀破的。

"那好吧，我了解信息之后将信息直接给大军，你到时候找他要。"

我明白了，这是关系"太极"。他的意思是，我给的钱太少，他也不明白我和大军是什么关系。我要是明白这些潜规则，并且学会应付自如，也许也就可以飞黄腾达了。遗憾的是，我是一个这样的傻帽儿，我明明知道这个社会有一些规则，明的暗的，忽明忽暗的，它们就在那里，它们并不一定都是陷阱，也没有那么多地雷逼着你去踩。你只要想着，按照它们的规则办事，你就万事大吉。你也可以的。但是你真的可以吗？

遗憾的是，尽管我的智商并不算十分低下，但是我就是处理不好这些该死的关系。你要努力维护各种关系，然后将这些关系织成一张大网，然后你躺在上面，荡秋千，一本万利，吃香的喝辣的。你只要不断地织网，对事不对人，把每一条关系的绳子，都牢牢把住，不问出处，不问材质，反正尽管织得密密麻麻，只要自己理得清就可以。那样，你就很可能飞黄腾达。

你也可以的。但是你真的可以吗？

[36]

我往DVD里随便放了一张碟片，是黄秋生的《依波拉病毒》。据说黄秋生曾经也是一个摇滚青年。这个又老又酷的家伙，年轻的时候应该也是一个狠角色。在电影里，他一直都是狠角色，不管是抢劫杀人，还是倒霉蛋，他都能把他演成狠角色。

片子里的黄秋生是个郁闷的倒霉蛋。他看起来像个丧尽天良的浑蛋，但是浑蛋得十分彻底。他把包子店的老板绞成碎肉，然后做成包子。然后他成为逃犯，在非洲的沙漠上强奸了一个黑人，就染上了依波拉病毒。这种病毒在空气里传播,它的传播成为人类的灾难。然后,谁都想消灭他。

黄秋生总是演这样的倒霉蛋。除了那些自负的成功人士,谁不觉得自己是一个倒霉蛋?只要你一被抛进这个乱七八糟的世界里,你就很难不是一个倒霉蛋了,不是吗?你不要自命清高,不必装纯洁,这很容易露陷。

"你在看什么电影?"

"《依波拉病毒》。"

"变态。你已经够变态了还看这样的电影?"

"什么事?有线索了?"

"你给人家的红包很不够意思是吗?"

"五百块还不够啊?"

"你给了五百块?"

"还少吗?"

"差不多了。"

"他的意思应该是,让你把信息给我,然后我再给你派一个红包。"

"你很聪明。"

"我明白你们这一套。"

"那就当你也欠我五百块。"

"你狠。"

"查出来了,你记一下。姓名,苏渊明。十六年前确曾养过一个女孩,没有登记身份信息,属于黑户。目前也没有和这个女孩相关的信息,是死是活就不知道了。"

"还有吗?"

"电话号码?你当时要是给他一千块,他也许能帮你弄来电话号码,甚至连苏渊明是否有淋病梅毒他都会帮你查清楚的。"

"去!一千块。五百块钱你先记着,我回头给你。"

"不要了。你继续看变态版的黄秋生吧。"

[37]

我在宾馆里找到小老头儿,给他带了一泡半斤装的祥华铁观音。他很高兴地接待了我。我让他帮我打听一下苏渊明的电话号码。

"苏渊明?他五六年前已经过世了吧?"

"啊?"

"我跟他关系还不错。没有听说他生前有个养女啊?"

"会不会是你出去久了,他没有告诉过你吧。"

"也许。"

"你这里有他家人的电话吗?"

"他老伴不知道还在不在,但是已经不住小楼村了。而且他的儿女好像也都在江苏。"

"你的朋友苏渊明过世了,为什么警察那里却没有这方面的资料?"

我真是明知故问。他又不是警察,知道这些干吗。再说了,如果没有什么必要,死者家属也不会主动去户籍科登记死亡证明。

"能不能找到他孩子的电话?"

"你等等,我给你联系一下。不过,我看着事情可能没那么简单。"

老头子打了一通电话,有给村长的,给老人协会的其他老头的,还有给苏渊明的亲戚的。最后还是要到了一个长途号码。他把电话号码写在一张便笺上:

苏三,苏渊明女儿,包矿,经理。

然后是一串电话号码。老头子嘿嘿一笑,把便笺递给我。

"这件事看来还有点儿趣,看你的运气了。"

[38]

我回到车里,开上空调,做了几个深呼吸。

每一次做电话采访,都必须先平心静气,做个深呼吸,然后再拨通对方的电话号码。生活有时候需要你演戏,那就调整好自己的身心状态,好好演。

"喂,你好,我是泉城电视台的记者。"

然后对方先会是一怔,礼貌一点儿的可能是这样回答的:"请问你有什么事?"

如果碰到的是年少气盛的年轻人,对方可能是这样回答:"你大爷的,我是中央电视台的记者。"然后,手机一直处于占线状态。

我拨过去的时候,电话正忙。又拨了一次,终于拨通了。

"您好,我是泉城江府的,请问您是苏总吗?"

"您找苏总,您有预约吗?"

"没有。我这是长途。"

"那您自己有她的电话号码吗?"

"也没有。能不能麻烦您叫一下她,我这边有急事。"

"对不起，我们公司有规定……"

狗屁规定。对方的话越来越冷冰冰的。我擦了一下额头的汗水。郁闷的是，凯越1.8的空调感觉上还是凉不下来。我伸出手去试一试，还好嘛，空调还是制冷的。

"我是你们苏总老家区公安局的黄副局长。"

"哦，你好，黄副局长，请问您有什么需要留言的吗？"

声音明显变得有礼貌。

"你们苏总的父亲五年前过世，有一些遗产手续上的问题还没有办，还有一点儿比较棘手的问题，我们要通知她一下。"

"行。她回来我通知她一下。"

"还有更重要的事。特别重要，你还是请她亲自接吧。"

"对不起，她不在。"

"你确定？事情非常重要和紧急，你确定她不在？"

"对不起，要不您留下电话号码，我一会儿让她给您回？"

我报了自己的号码，让她第一时间给我回电话。

骑虎难下。区公安局副局长我只好暂时代职。

我刚启动汽车，电话就响了，江苏的电话号码。我继续把车停在路边，将空调调到三档。这该死的天气。

"你好，江府区公安局。"

"你好。黄副局长吗？"

"是的。请问你是？"我故意压低了嗓门，显得中气十足，声音训练有素。

"你好，我是刚才的接线员。您稍等一下，我们的苏总回来了。"

小的时候，我们总以为自己生活在没有智慧的简单的环境里，自己又蠢又笨，而成年人的世界是一个充满了智慧的、积极向上的世界。我们对成年人的世界充满崇敬之意：他们为什么有那么大能耐？他们每天都能处理那么多大事？我什么时候才能拥有他们那样的智慧和能力？可是当你成年了，在社会上混上几年，你才恍然大悟：原来成年人的世界里，到处是愚蠢的浪费时间的勾心斗角，到处是一些显而易见的愚蠢规则。每个人为了达成自己的目的，不得不沿着那些愚蠢的规则所说的，违背良心地去做事。

你必须学会当人，也学会当鬼。更多的时候，你要学会既不当人，也不做鬼。万变不离其宗。

据说回头是岸。可是岸在哪里？

"你好，我是苏三。"

对方应该年龄在四十岁左右，既然是总经理，应该算是个社会人物了。

"你好，我是江府区公安局副局长，免贵姓黄。"

"黄局长你好，请问有什么事？"

"是这样的，你不要着急，听我慢慢说。"

"嗯。"

"你父亲苏渊明十六年前可有收养过一个女孩？"

"嗯？"

对方表示惊讶。这正是我想要的。

"好像是有。不过后来怎么样了，我当时已经在外面了，也不清楚。听我妈说过这件事。"

"那个女孩现在在哪里？"

"很早以前的事了，我也不知道。"

"你父亲五年前过世，户籍在我们这里，你们还没过来办死亡证明。"

"哦,我当时回去办我父亲的丧事,赶着回来就给忘了。"

我把空调调回到一档,将座位稍稍往后调了一点儿,双脚翘在方向盘上。这样的姿势说话更舒服,让我更觉得自己像一位胸有成竹的公安局副局长。

"你母亲也不住在江府了,她现在跟你住在一起吗?"

"没有。她一个人住在泉城市区。请问您调查那个女孩子什么事?跟我母亲有关吗?那个女孩子我只是在十几年前听我母亲说过,好像是一个附近打工的外地人送的。后来怎么了我也不知道,我母亲也没有跟我说,反正不见了。"

"把你母亲住所的电话号码给我一个。"

"我想,这个女孩子跟她也没有什么关系了,那已经是十几年前的事了。"

"但是我们按工作程序还是应该找你母亲谈一谈。"

"我想就算了。她现在一个人住着,不喜欢别人打扰,对不起。"

对方有挂断电话的意思了。她的户口在外头,我已经不是她的"父母官",她大可不理会。

"这个还真必须打扰。"我的口气变得硬了起来,"我们最近查了出来,这个女孩子身上携带一种病毒,很严重、潜伏期很长的病毒。我们至少得确证你的母亲没有被感染。"

"十几年前的事了,应该不会吧?什么病毒?"

"医学上叫做依波拉病毒,潜伏期很长,比艾滋病还长,是一种传染疾病。"

"不是吧?"

"我希望你配合。在我们没有确定之前,不要把这个消息告诉你母亲。依据我们的推断,她应该不会被传染,为了不让老人恐慌,请对她保密。但是我们需要跟她见见面,有一些关于当时那位小女孩小时候的身体情况,我们也需要了解一下。希望你配合我们的调查。"

[39]

我在上岛咖啡吃了一块牛排,喝了一罐可乐。然后,又要了一杯蓝山,解决了饥饿,就躺在沙发上睡着了。

又是那个该死的梦,城堡上的砖头一块一块地坠落,我站在它的下面,我不知道它什么时候会整个倾覆下来,我会不会被压成肉饼。但是我的腿软弱无力,根本无法跑远。无论我怎么走,城堡就在那里,就在我面前。它上面的砖头一块又一块地坠落。

醒来的时候我感觉头胀痛得厉害。我又要了一杯冰镇可乐,让自己稍稍安静下来。点上一支烟,我给安徽佬打了电话。

"我不知道能不能替你找到女儿。不过,至少现在有了一点儿眉目。"

"怎么样?进展怎么样?"

"看你的运气了。"

"我最近这几年运气一直不错,除了命不太长之外。"

运气和生命是什么关系?当生命正在消逝,运气对你来说还是运气吗?当我们健康的时候,我们祈盼好运;当死亡逼近我们的时候,我们希望延续生命。这就是人,如果你不这么希望,那你已经和人离得很远了,你要么是神,要么就是垂死之人。

"我找到你们以前把女儿送给他们的那对老人了。"

"你在哪里?我马上过来找你。"

[40]

和一个商人在上岛咖啡见面是不合适的,就像上次和他在慢光咖啡屋见面一样。这就像你在抒情的民谣里 pogo、过度摇摆,或者在重金属现场和石头一样岿然不动,看起来都是别扭的。对面有一家水吧,就在马路边,敞开着,适合抽烟,我决定约他在那里见面。

见面后,我就把一个写了苏老太太的电话号码和地址的信封交给姚先生。

"我想,你们是旧相识,你自己去找她。"

"好。"

"不过,你女儿不在她那里了。具体情况我也不清楚,还是你自己问比较好。"

"嗯。我真是找对人了。你是我的恩人。"

"你女儿还没有出现,还不见得。"

"我这些年运气一向挺好的。"

除了死亡逼近这件事,他对自己的生活应该还是挺满意的。可是,他既然将女儿送给人家了,既然狠下心了,找到她又怎样?如果他后来又生了一个甚至几个孩子,他还会寻找他的这个女儿吗?这些其实和我没有关系。他给钱倒是蛮爽快的,也不会话多,不需要与客户进行太多的沟通和交流。我喜欢简单的生意或者省事的工作。你只管劳动就是了。

"我希望是这样。"

"你想知道我当时为什么要把女儿送给别人吗?"

"随便。那是你的私事,我只负责帮你找女儿。"

"那时候我从安徽来到你们泉城,做点小生意,是粮食生意。亏得一塌糊涂,很多债主找上门来,家里的老父亲又得了重病。我和我老婆当时都重男轻女,决定把孩子送人,回到老家去照顾我父亲,也可以再生几个。"

"做人有时候总有很多情非得已。"

"谢谢你的理解。但是有一次被一家债主找上门。那时候,我被他们打倒在地上,踢了几十脚。我发誓会还他们钱,但是那没有用。直到我的头部,背部和下面都出血了,他们才停止。后来,我们一直都没有再怀上孩子,也许是报应吧。前些年我还在到处求医,医生说我的下面已经被彻底踢坏了,不可能恢复生育功能了。"

"所以你们想找到自己的亲生女儿。"

"这些年来,我们已经放弃了再生一个孩子的愿望。你知道,有时候当你的愿望不可能实现的时候,你反而坦然了。幸好我们还有一个女儿,你说是不是?"

他说"幸好"。我不知道,有一个女儿,自己不抚养,送人,然后拼了命去寻找,至于找到找不到,和幸不幸运又有什么关系?那个女儿对于父母亲来说,还是不是一种幸运?我虽然三十好几,但是还没有当父亲,我不明白作为一个父亲是一个什么样的感觉。多年以前,我觉得自己还不是一个成熟的男性,还不配当丈夫和父亲。现在我忽然意识到,我已经不是当年那个青涩的男孩儿,我已经完全可以接纳自己作为一个父亲的角色了。但是,多么遗憾啊,我一点儿也没有组建家庭的愿望了,我也不知道自己还想这么漂多久。

总有一天会安定下来的，我为自己想，慢慢来。

"但愿你们能找到她。"

"谢谢。我们找了很久了，但是到处都找不到。"

"收养你们女儿的那位苏渊明老人已经去世了。"

"啊？他人还不错，我记得的。当时我们穷得响叮当的时候，他经常让他的爱人给我们女儿买街头的小吃和各种儿童玩具。他们很爱我们的女儿，所以我们才舍得将女儿送给他们。那一天晚上，我和我老婆抱着女儿去他们家里，对他们说，我们有点急事要出去办理，暂时把女儿寄养在他们那里。但是你知道吗？其实那时候我们的兜里已经揣着回安徽的车票了。我们只是给孩子留了一张她的生辰八字以及我们夫妻俩的姓名就走人了。"

"你们不要自己的孩子。"

"是的。我们夫妻俩一直很后悔。就是给别人当牛做马，也不能丢弃自己的骨肉啊。你说，我们的女儿会原谅我们吗？她那时候已经六岁了，已经会蹦蹦跳跳，自己四处走了。你说她会原谅我们吗？我都不知道她这些年是怎么过的。"

他说得眼泪都快掉下来了。不过，喝了一口杨梅汁之后，他很快挤出一个浅浅的笑。

"也许她会原谅你们吧。"

"不过我并不希望她能原谅我们。"

太阳暴晒着马路，偶尔吹过来的风也是热的，不过冰镇柠檬水让我觉得并不是那么热，但他的额头上已经开始冒汗。他拿出两盒硬中华，这里的生意人大部分都抽这个。这对于他们来说也是身份的象征。

"这个烟你能抽得习惯吗？"

他递给我一包，我们各自拆开，分别拿出一根吸了起来。

事实上，我对烟并没有什么特殊喜好，我每次都买不一样的烟。我记得有一本日本小说，叫作《裂舌》，故事中畸形的爱恋和裂舌的行为，最终导致一起凶杀案。女主人公的男朋友被纹身的师傅干掉了，最后她发现杀人凶手就是因为纹身师傅抽的是万宝路。小说的结尾没有告诉我们，女主人公是为前男友报仇了，还是干脆和深爱着他的纹身师傅在一起了。总之，看完那本小说，我一直偏执地认为，每次都抽同一个品牌的烟，而且抽得特别凶的男人，要么性格爽直，要么就和纹身师傅一样，心机藏得很深。

另外一个原因是，我的一个做烟草营销的朋友告诉我，他们做过一个统计，一个人如果连续抽同一个品牌的烟，抽上二十七包，那他这辈子就基本上和这个烟结缘了。我还不想被某一种烟草统治着。

"她原谅我也好，不原谅我也好，只要能找到她，见她一面，给她一点儿补偿，也就够了。你说，你们这个年龄的——你多大？"

"我应该比你们的女儿大七八岁。"

"你们这个年龄的人，能原谅你们的父母亲的错误吗？"

"我不知道。没碰上这样的事，每个人心里想的也许都不一样吧，因为每个人的生活经历也不一样啊？"

"其实她原不原谅我，都没关系。只要找到她，给她一点儿补偿我就稍稍宽心一点儿了。"

我抽着烟，口又干了起来，于是又要了一罐可乐。

"你看我是不是很有钱？"

"有没有钱是看不出来的。街上那些奔驰车上下来的，有的照样穿得很老土，上下纽扣都没扣对。"

"我其实不是很有钱。但是剩下的钱,够花了。到我死之前,都够花了。你明白我的意思吗?"

"大概明白。有一些人,觉得自己的钱赚够了,就可以停下来。我没有赚够,不然我也可以大胆地停下来了。"

"你不知道,我投资了几个茶园,这两年红茶在国内畅销了,我赚了一大笔钱。这笔钱够我花上五十年。但是,医生说我可以花钱的时间只剩半年多了。"

我掸了掸烟灰。眼前这个男人,他对我说这么多干什么?因为我是他的"私人侦探"?或者,这些话对于我帮他找女儿有什么帮助?每个人都有自己的隐私,没有必要对陌生人说出来。就算是熟悉的朋友,你也不适合将自己的所有隐私都抖露出来,因为这样一不小心就会伤害到别人,抑或伤害到你自己。隐私之所以成为隐私,是因为它有隐藏的必要。有一些隐私必须让它和你的身体一起,埋进棺材。世界必须保有一些秘密,因为这个世界上很少人能承受赤裸裸的现实,那需要非常强大的心理承受能力。当你可以正视它的时候,它其实并不残酷,但是,你敢正视它吗?从你那脆弱的心灵出发,去直视自己或者别人的隐私,它会像正视太阳一样,亮瞎你的眼。

"为什么?"

"实话告诉你,我得了重病。医生说,我可以自由行动的时间只有半年。"

"我看您很健康啊!"

"我也不信。但是有一些癌细胞在我的肠胃里住着。我也不相信我只能活半年多。但是权且相信着吧。至少,我有了一个时间表,寻找女儿的时间表。"

"这种病误诊率很高的。"

"但愿吧。我已经被四个三级甲等医院确诊过了。不过,我好歹还有一件值得去做的事。"

[41]

第二天一早,外面的播放器响的是闽南语歌曲,韵律熟悉。大妈们在楼下舞蹈,迎着晨曦和朝霞。她们应该是快乐的吧。但是她们明明满心欢喜,为什么播放这些哭丧调的闽南语歌曲。那些蔫蔫乎乎满把眼泪的闽南语歌曲,一张口就想感动你的闽南语歌曲,不管是失恋的歌曲,还是思念亲人的歌曲,都是一个调调,实在太烦人。

我一个朋友,东北人,妻子酷爱闽南语歌曲。只要是闽南语版的,她都听得如痴如醉。妻子生完孩子,不再上班,天天在家里带孩子,天天听那玩意儿,结果得了产后抑郁症。久治不愈,最后,心理医生了解了她的情况,让我朋友将他家里所有CD扔了,将电脑上的闽南语歌曲全部删掉。这样,她的妻子终于慢慢恢复了正常。

但是这样的歌曲,她们怎么跳得起来?她们是怎么寻找到那个节奏?姚先生的电话打断了我的思考。

"如你所料,又得麻烦你了。"

"没事,我已经收了你的钱。"

"苏太太说,我们走后没多久,苏老先生就中风了。他们没有办法再分心照顾我女儿,于是半年后就将我女儿送给一个在江府打工的惠北泥水工人。不过并没有记下这位工人的真实身份和地址,只知道他姓曾。只记得当时那位曾先生说自己四十六岁,按闽南的算法,应该是四十五周岁左右。"

一个身患癌症的父亲？一个被一再赠送的女孩儿？一段有点儿传奇的故事？本来我应该充满好奇，每个人都有窥视癖。但是，这些和我有什么关系？多年的记者生涯让我对这样的事情丧失了兴趣。他们过他们的，我过我的。时代的潮流跟我的关系也不密切，报纸电视的新闻跟我的相关性也不大。这没什么大不了的。

生活本身比文学和艺术更荒谬。文艺高于生活，这是对文艺和生活都只有一知半解的批评家才相信的鬼话。生活本身更荒谬、更残酷，更加不可思议。所以，你必须是一个铁石心肠的人，除此以外，没有别的办法。你得应付眼下的生活。

"还得再麻烦你了。"

"我已经收了你的钱，没关系。但是还是那句话，我不保证帮你找到。我只是负责继续找，我也没有办法保证在半年内找到你女儿。"

"没关系，我相信你。"

一个见面只有两三次的人说他相信你。从小到大，我连最忠诚的狗都没有相信过，所以母亲为我养的那些猫和狗，常常被我赶出家门。我不喜欢它们，正如我也不喜欢自己一样。"我为什么生了一个没有感情的怪物啊。"母亲常常这么说。她希望我有爱心，变成一个可以被人信任也能信任别人的人。

但是，事实上，我令她大失所望。我不知道爱在哪里，我努力把自己训练得铁石心肠。但是我的努力也是徒劳。心藏大恶需要很高的境界，那个境界我闯不进去。我很早就知道，我的努力将白费。但是这又怎样呢？另一条认识世界的道路我还没有发现。

"我连我自己都不相信。但是我会去找就是。不过我没有时间表，没有计划，也不保证为你找到你女儿。"

"没关系，我信任你。"

我一时不知道该说什么，也许我该挂断电话了吧。我不能让别人信任我太久，不然我的心里会过意不去，会很难受，会发现自己怎么这么见不得人、千疮百孔。这种感觉不妙。

"昨天见面，你并没有告诉我找到苏老太太经过多少困难，你连提都不提，也不提钱的问题。我看得出来，你不是那种唯利是图的人。"

"也许你的看法是对的，但替你找女儿的事，可能唯利是图的人更适合也说不准。"

"也许是吧。有去找就好了。能不能找到，她愿不愿意原谅我们，都是天意吧。"

"也许是吧。"

"你还要多少钱？"

"我的钱还没有花完，还有一点儿。"

"我再给你存五万吧。你放心，我不会赖账的。我留下那么多钱也带不走。你如果需要更多，就直接告诉我。"

"已经够了。"

"那好。你需要的时候尽管告诉我。"

"我会的。"

[42]

又是被公寓楼下跳舞的大妈们吵醒的，她们每天很准时，像这栋楼每家每户的闹钟一样。"苍茫的天涯是我的爱"，她们可以一早上只放这首歌，然后在那里手舞足蹈。

一早醒来,我来到楼下,吃了一碗面线糊。

"不来个鸡蛋?"服务员说。

"不用。"

如果每天早上都能按时早早地起床,吃早餐,到公园散散步。我想,这种提前退休的生活会很适合我的。但是没有办法,二十岁有二十岁的生活方式,三十岁有三十岁的生活方式,五十岁有五十岁的生活方式。跨越阶段去生活,也许不见得是明智的选择和做法。不过偶尔跨越阶段的体验,却是美妙的。

可是,睡眠频繁地干扰了我的生活。有时候,你尝试着去调整生活,尝试着让自己正常一点儿,但是生物钟的事情,却没那么容易搞定。一开始,我以为只是生活状态的问题,工作和娱乐,是我自己的问题,没有调整好。但是后来,我给自己释放了,工作随便应付过去,娱乐生活也变得简单,不再喝到三更半夜才回来,不大量酗酒,也不抽那么多烟。我已经几乎要变成一个正常的人了,我快要可以为自己举行庆祝宴会了。可是,睡眠并没有如约而至。当你躺下去的时候,更多乱七八糟的画面扑面而来。过去的,现在的,未来的,混杂在一起。然后就是那座该死的城堡,它无休无止,盘亘在我的大脑里,像一个肿瘤。这是一个梦的肿瘤。

[43]

老太太住在富人区的别墅里,一进门就有香气袭来。幽静的别墅里燃着香,六字真言的佛经从录音机里传出来,听起来像迷幻摇滚。

老太太记得的那些，昨天姚先生已经传达过一遍了。

"我也想知道她现在怎么了？当时她父母狠心丢下她的时候，我看她哭了好几天，哭得多伤心啊。后来，我做了一个错误的决定，我不该再把她送给别人。要是那时候苦一点儿，撑下来，现在身边好歹有一个伴儿啊。"

苏老太太是那种干净而且精神矍铄的老人，她穿着黑色的居士服，虽然谈话的内容牵动她的情绪，但是她稍稍调整就泰然自若。录音机里的佛教音乐让我想起某乐队唱的《般若波罗密多心经》。要不是录音机里放的是佛教音乐，我还真忘了自己来到的是一座别墅而不是道观或者其他地方。

尽管她努力克制，但是情绪还是像洪水一样拦截不住。

"当时，她被领走的时候，看她哭得那么惨，我也哭了。看着她被那位姓曾的扛在肩上带走，我也哭得很厉害。但是你知道吗？要离开的时候，她忽然停止了哭。直到现在，回想她离开时候忽然停止的哭声，我的心都碎了。你知道吗？她的眼神里，都是恐惧。我到现在才明白。她是个懂事的孩子，但是命运糟糕了一点儿。现在回想起来，我当时真的是罪孽深重啊。佛祖保佑，希望她遇上的是好人家，也减少我一点儿罪孽啊。阿弥陀佛。"

老太太哭了，泪水从她的双颊滚滚涌出。我想，我打扰了这位老人的私生活。说了几句礼貌的话之后，我就匆匆告辞了。

[44]

我去了一趟银行，五万块如数到账了。

我往住房贷款的卡上转了一万块过去,这应该够一个季度的还款了吧。我又往母亲的账号里存了两万块。我决定还和以前一样,只要有钱,就继续存她那里。钱放在我身上,很快就会花光的。

"我帮你存着也好,这样你娶老婆就有本了。"

"嗯。"

"别人都炒股做投资什么的,你怎么什么都不做啊?"

"我没时间。"

"做什么都没时间,就有时间去酒吧喝酒。"

"你哪来这么多,要付房贷,要花钱,还有两万块存我这里?"

"最近发了一笔季度奖金。"

"你不要把自己当赚钱的机器。你这孩子,有时候太要强,跟你死去的老爸一样,从来都不肯低头,吃亏了也不在意。我知道你不会赚钱,所以得帮你存钱。我虽然要你买房子,但是多少还给你存了点钱呢。交女朋友的时候,该花就花。现在的小姑娘,花钱是花惯了的。没关系,你先花着,等一结婚,看她们还敢不敢那样花。但是你要考虑好了,找一个能帮你打理好钱和家庭生活的女人,这才是最重要的。"

"明白了。"

"你什么不明白?就是不去做。老大不小了。有空也过来看看我老太婆,不要老是打电话。哪一天我死在屋里,你们姐弟也没有一个知晓啊。"

"嗯。"

"酒别喝那么多。"

"嗯。"

"买几个梨回去,在电饭锅里煮一煮,喝点梨汤,注意自己的咳嗽。你的咳嗽已经多久了？一个人自己住着，也不会抽时间去医院看看？"

"好。"

"连照顾自己都不会，多大的人了。"

[45]

半月庵门口围了不少人。我按了喇叭，但是群众们并没有闪开的意思。

又是那些想着来抱走健康小孩的群众。有时候，面对一群黑压压的群众，你就算有一百张嘴，都是无济于事的。阿姑的考虑是对的，如果健康小孩都被抱走了，以后这些生病的小孩谁来照顾？你不能指望这些想来抱小孩的群众，更不能指望当地政府。

我打开窗子，伸出头来，大声喊道："电视台的，麻烦让一下。"

再次按了一下喇叭，群众才让出一条路来。一些群众则跟在我的车后面。弱势群体会特别相信媒体的力量。每个人都在包装着自己的那张脸皮，媒体也一样。有什么办法呢？你又不能撕破脸皮生活。

"电视台来了就好。你们评评理，她一个菜姑，自己照顾这么多孩子，照顾不过来，让我们领走几个不是更好？我们怎么说，她都不愿意。"

我看着阿姑，她被几个群众围着。不善言辞的她，大汗淋漓。既要田间劳动，又要照顾孩子们，还要应付这么多群众的纠缠，她确实累了，眼神都已经迷离。她已经老了，体力远远没有前几年好。我从她的眼神里看到的更多是担忧和恐惧。只要她还在，就得面对群众们永无休止的纠缠。

如果不是理着光头，穿着道姑的服装，你肯定以为这是一名普通的农妇。

"那些不健康的、有疾病的，你们要抱走几个也可以。你们要帮忙出力我当然同意。但是你们抱走这些健康的，我这些不健康的，以后谁来养啊？"

阿姑努力保持着耐心和镇定。她太疲惫了，以至于不得不抬起右手扶在额头处。在大堂里面，那些大一点儿的女孩抱着小一点儿的孩子，或者站着，或者坐着。每个人都表现得特别警觉。这肯定是阿姑交代过的。不过，我扫视了一下，并没有静宜的影子。

"乡亲们，我是电视台的记者，你们能不能听我几句话？"

"好。记者说说话，评评理。"

"你们如果想领养小孩的话，需要办理正常的抚养手续。根据手续，你们必须证明抚养人不能生育或者以后不再生育，才能合法抚养。不是把孩子抱走这么简单。半月庵里的孩子，目前我们都为他们上过户口了。不管是健康还是不健康的，你们都要去民政局登记、申请，办理手续才能认养。师太要是把孩子给你们了，她也是犯法的。请大家理解，孩子来到这里，他们不是师太的孩子，她们是佛祖的孩子，不是师太的，也不是你们的，或者任何人的。他们现在是佛祖保佑的孩子们。所以，请你们理解。"

孩子们是佛祖的，谁也不能随意带走。与民政局相比较，他们更加敬畏的显然是佛祖。半个小时后，人群渐渐散去，师太才松了口气坐在半月庵大门口的石凳子上。

"多亏了你来解围。"

"他们确实难以说懂。你一个人要做那么多事,太辛苦了。"

"辛苦倒也没有。这么大一个家庭。"

她用的词语是:家庭。眼前的阿姑,越来越把自己当作世俗的母亲一样来对待她的这些孩子了。面对着这么多可怜的孩子,她的母爱能不被唤醒过来吗?从她那受伤的湿润的眼睛看起来,她更像一只老母鸡,拼命护着她的孩子们,而天上的老鹰随时都盯着她们。她不仅仅是一个佛祖的弟子和信徒,她更是慈悲的化身。

"静宜今天好像不在?"

"她去佛学院了。"

"她决心学佛出家了吗?"

"还没有。我对她们都一样,一视同仁,十八岁以后,她们自己做出选择,留在寺院还是出去,她们可以自由选择。不过,是人皆有佛性,有慈悲,有大爱,我当然希望她们能有几个愿意留下来,不然这么大的家庭我哪里支持得下来。而且,我也老了,渐渐感觉有点力不从心了。"

"你会介意她们找个好人家出嫁吗?"

"每个人有自己的缘分,看她们自己的造化。"

"您也应该多休息,交一些事情给她们做。"

"慢慢来吧,会好的。对了,最近,有一位年轻的女施主和你一样,每隔一个月半个月的,会来庵里添油,和孩子们聊聊天,抱抱那些残疾的孩子。"

"慢慢有人来献爱心,发善心,这样半月庵的香火就会旺起来的。"

"是啊。"

我往添油箱里放了一千块。我不是富人，我能有的爱心，也就一千块。这一千块，是我自己的心愿和快乐。

"发善心不在于钱的多寡，你要是有空能来陪陪孩子们，我们会很感激你的。不一定每次来都要添油。"阿姑每次都是这样说的。

走之前，她抱了几个苹果出来。我婉言谢绝，但是她坚持说，这是供应佛祖的，吃了能保佑平安，因此我就收下两个，放在副驾驶座位上。

我感觉阿姑有什么话要说，她以前从不出门送客。我把档位退回去，从车窗伸出头来和她交谈。

"有一件事，我不知道出家人这么问是不是多嘴。"

"没事，阿姑您尽管说。"

"你好像没有女朋友？"

"现在没有。"

"谈对象了吗？"

"暂时没有这个想法。"

我不知道她葫芦里卖的什么药。这个平时只顾着守护她那些孩子们的老尼姑，声音忽然变得温和起来。她不会是想把庵里的小尼姑介绍给我吧？我和她们年纪相差太大了。

"你应该找一个和你一样有爱心的人。"

我倒是乐意听听她到底想说什么。

"找不到，没有这个缘分。"

"有的，你要用心去发现。"

"您老人家帮我发现一个？"

"我倒是觉得一个人很合适你。"

静宜她们还未满十八周岁，阿姑手上有什么人可以给我介绍呢？

"最近一个女施主,我倒觉得和你很般配,我刚才说了,她也经常过来帮忙照顾孩子们,有时候也给我们添油。"

"阿姑,你想撮合我跟她?"

"没有,看缘分了。"

"我现在不合适找对象。"

她微笑着摇摇头,像一个慈祥的母亲一样。阿姑又从袋子里请出一个平安符,帮我挂在后视镜上。我不想告诉他,这台车不是我的。

[46]

"怎么样,找到了没有?"

"没有,不过有了新线索。"

"五百块。"

"什么?"

"你上回还有五百块红包没有给我。"

"你打电话就为了讨债啊,等着一起给你发一千。"

"怎么,利用你老同学,下手不要太频繁太狠啊。"

"你也就这么点用处。在哪里?"

"在一个会所里。我也正要找你呢。"

"那正好。"

"我刚才跟人家吹牛×了,说我有一个同学,艺术家,无所不能,王羲之再世。"

"你特么疯了。"

"现在大家都期待见到你。不能给我丢脸,不然就是五百万我都不给你干活了。"

大军所说的会所在一个小岛上。我开车来到江滨路的码头,已经有一辆快艇在那里候着了。我和大军这些年来并没有太多的联系,我也不知道他现在交往的都是一些什么高端大气上档次的朋友,估计不是官场就是生意场上的成功人士。几年工作下来,他练就了在这个圈子里交往的本事。

也许正处于涨潮的时候吧,快艇起起落落,让人心惊肉跳。每十秒钟,你都感觉自己处在潮头上,然后是突然下坠,浪花拍打着铁皮,伴着发动机的声音。心里七上八下,一开始,我的眼神都在白色的浪头上,慢慢地,待适应了,我们已经离开岸边很远了。

在这个城市待了二十几年,我从没听说有一个这样的小岛。它大概有两三平方公里吧,说是个小岛,也并不贴切。我们对一个城市的了解,永远是有限的。大军所说的会所,就是岛的顶峰上的一个建筑,落地玻璃,四周都是树丛包围着。

穿过树林,拾级而上,就来到山顶。山顶小别墅的门口坐着一个老人,身影竟然有点儿熟悉。近了,我们相互都感到惊讶,是小老头儿。他坐在大理石门槛上,抽着他的水烟斗呢。

"小老头儿,又见到你了。"

"哈哈,小后生,你怎么也来了?"

"我也不知道。朋友叫我来这儿。"

"你就是黄大军吹牛说的王羲之再世的艺术家?"

"他这个人爱吹牛。我只是玩票的。"

"我看也不像。不要当艺术家,年轻人。"

快艇司机向小老头儿敬了个礼就进去了。我们坐在石头台阶上，侃起大山来。

"你怎么没问我为什么会在这里？"

"那我现在重新问一下吧，你怎么会在这里？"

"我是这座岛的常客。"

"这里看起来挺神秘的，不是走私倒卖军火的地方吧？"

"你美国大片看多了。住在这个小岛安静一点儿，我总不至于每天都和那些打麻将的老头们待一块儿吧。"

透过落地玻璃窗，可以清晰地看到里面的布置。这是一个精致大方的美术馆，里面陈列着不少青铜器、古家具、玉器，灰色的水泥墙上挂着的是一些抽象画、油画、国画，也有一些书写得极其夸张的书法。

"我带你进去看看。"

"事实上，我不懂油画，里面那些有点西化的国画我估计也看不懂。我们还是在外面坐一坐吧。"

我们一根儿接一根儿地抽烟。

"小屁孩儿，人找到了没有？"

"没有，还在找。"

"我就觉得老苏没有养女嘛。"

"有。他们有过一个，但是送人了。"

"那你继续找？"

"嗯。"

"有人花钱雇你？"

"是的，二十万。"

"这就是你现在的工作？"

"我现在没有工作，算是吧。"

"我看你也不是很有钱，为什么还这么闲的样子？"

"不好意思，小老头儿，我是一个自暴自弃的年轻人，没工作，辞了。"

"为了搞艺术辞职？"

"不是。我不搞艺术。"

"那为什么？"

"没为什么，我觉得活儿干不下去了。"

"那你有不少积累？"

"没有。"

"小屁孩儿，你胆子不小。"

"撑不死胆大的，也饿不死胆小的。"

"我第一次看到你，就从你眼神里看到了一丝忧郁。为什么？"

"没有，经常睡不着觉而已。"

"失眠？"

"嗯。"

"你有没有想过自杀？"

"为什么这么问？"这真是一个奇怪的小老头儿。

"有，但只是偶尔。你知道的，有时候站在高处，人会想飞。"

"嗯，我老人家明白。"

不知道怎么的，也许是环境的原因吧，我和他谈话非常放松。多年以来，自从我离开了北京，就没有人可以这么说话。更奇怪的是我的面前是一个老人。

"自虐呢？你会不会？"

"不会，不过有时候睡不着觉或者人难受的时候，真想撞墙。"

"做什么梦?"

"乱七八糟的,战争、性,什么都有。"

"有没有重复做的梦?"

"有。"

阳光强烈,穿透榕树枝干的层层遮挡,仍有少许光斑打在我们的头上、脸上、衣服上。我把那座一直在梦里坠落的城堡跟他说了。他忽然安静下来,深深地吸了一口烟。

"小屁孩儿,你得了抑郁症。中度。"

[47]

"岛主,你们俩认识?"大军手上拿着一架索尼D80相机,出现在门口。

"我们已经是老朋友了。"小老头儿将烟斗拿在手上,嘴里还冒着烟。

"你刚才叫他什么?"

"岛主。"

"你是这座岛的主人?"

"不可以是吗?"

眼前这个看起来有点儿古怪的老头儿,在我面前忽然变得神秘起来。

"怎么样,惊讶吗?"

"确实。"

我们步入小老头儿的会所,迎面而来的是一幅有点儿抽象的巨幅国画。画面里是一群衣衫褴褛、灰头土脸的老头儿。他们围坐在一张麻将桌前面，四周都是烟雾。麻将桌的旁边是一座杂草丛生的坟墓。

"这幅画你最熟悉了。"

我会意地笑了笑。这就是我第一次见到他的场景。只不过，他加了一点儿象征意义的画面，让整幅画的色彩更加黯淡和压抑。

里面正在搞一个笔会，酒气浓烈，来的大都是一些穿麻布服装的、留长发的、奇装异服的家伙。这拨人随便拧一个扔大街上，你就能很容易地辨认出来是所谓的艺术家。黄大军是这场笔会的摄影和摄像，他带来的两个小弟正在忙碌地操作着。几个穿着比基尼的小姑娘婀娜多姿地站在他们旁边，和这个氛围看起来实在太不搭调了。不过整场活动如果没有了她们，也就没什么看头。

看到小老头儿进来，大家纷纷让开位置。

黄大军悄悄问我："你什么时候认识这样的大人物，也不早点跟我介绍。"

"大人物？"

"你不知道啊？"

"我只知道他姓苏，我都叫他小老头儿。"

"他是著名的画家啊，一平尺几万块。你们关系很好的样子。"

"我们也才见过一两次面。"

我想说大人物于我如浮云，但是我知道这么说，黄大军以为我在装傻，必定要跟我争辩一番。在这种场合争辩这样的话题，真真太无趣了。这世界上，千千万万个行业，每个行业都有大人物。比如清洁工，他如果一辈子将地板扫好，乐于其中，工作做得到位，就是大人物，了不起的大人物。比如图书管理员，热爱工作，熟悉经手的每一本书,也是很大的人物了。什么是大人物?管他什么人物呢!这个世界不缺乏的,就是泛泛之辈的"大人物"。大人物于我如浮云,我要认识的,是具体而微的人,是有血有肉丰满的人。

"怎么样,我今天找来的这些穿比基尼的模特儿?"

"你们在搞什么?"

"没有,就是一个笔会。我拍我的照片,他们干他们的。"

"一群疯子啊。"

"怎么样?"

"什么怎么样?"

"当然是模特儿了。"

"都挺性感。"

"你可以随便挑一个。"

"你当我是牲口啊?!随时随地都可以进行交配?"

我被黄大军拉过去,他要我写草书。我向来不善于在人前动作,不习惯于像猴子一样在大众面前杂耍。但是我不能不给黄大军面子,谁叫我有求于他呢?我临了一幅傅山的大草条幅,草草了事。在这些装神弄鬼的艺术家们面前,我弯腰低头,像麦田里收割的农民一样。刷了几分钟,我就下来了。

小老头儿在边上抽烟,旁边坐着一个比基尼姑娘,桌几上放着一瓶金门高粱。我凑了过去。

"你喝点儿酒,我看你很紧张。"

"是的,我不习惯这样的场合。"

"哪里都是江湖。"

"是的。我知道,但是就是不习惯。"

"你们两个年轻的,喝酒吧。"

小老头儿对比基尼姑娘说。于是，比基尼姑娘开始一杯接一杯跟我喝了起来。

事实上，在这样的时候，我需要来一点儿酒。有些时候，生活很荒谬。就像现在，你和一个穿着比基尼的小姑娘喝酒。你盯着她看，旁边是一个老人，他盯着你们看。小姑娘想的也许是金钱和快乐，你想的是烧酒和欲望；而旁边的这个老头子呢，他想的是什么？他正在窥视你们，看着你们。在两个无知的年轻人面前，他是神，是主宰，你们的一切逃不过他敏锐的眼睛。

也许这一切，在某一天的某一个画展上，将呈现在小老头儿的一幅画作里，充满调侃或者讽刺的一幅画。但这就是生活，荒谬的生活。荒谬是生活的本质和核心。

[48]

我不知道自己是怎么从那个荒谬的小岛上回来的。一觉醒来的时候，头很痛，浑身的香水味儿。我也不知道前一天晚上自己是不是失态了。我只记得自己拉着比基尼的小手，跟小老头儿有一搭没一搭地胡乱聊着些什么。

我给黄大军打了一个电话，确定自己并没有干出什么太出格的事情。接着，我的电话也响了，是姚先生打来的。

"昨晚梦见我女儿了。"

"是吗？"

"她哭得很厉害。她不肯原谅我。"

"你想多了。"

"我确实想很多。我内疚。"

"她长大了，会理解你的。"

"抛弃亲生女儿，没什么可以谅解的。"

"生活中总有不得已。"

我真想把电话挂了。我不是一个好的倾诉对象，但是我拿了人家的钱，这也算是服务内容之一吧，看在钱的份儿上。

"你说我们能找到她吗?"

"希望可以。"

"我相信你，我昨天去关帝庙求签了。"

"哦，我尽力。"

"签诗说我遇见贵人，能实现愿望。我相信你。"

我也算是贵人？他相信的是我之前职业上的身份，而不是我。我身上没有什么可贵的品质值得别人投以信任。我真想对他说，我吃喝嫖赌样样在行，不是什么好人，我是一个 looser，之前也就是一个三流记者，没有什么值得人家信任的。但是我能这么说吗，对一个在死亡面前做倒计时的人，对一个正在电话那头痛哭流涕的老板？

"对了，昨天我又去找苏老太太了。我尽量问她一些关于那名泥水工的信息，但是她记得的信息很少。"

"她都说了什么?"

"她说姓曾。"

"这个我知道。"

"泥水匠。"

"还有呢?"

"不太高。"

"多高?"

"不知道,是个十路通。"

"什么意思?"

"就是什么都会一点儿,泥水活、木工活、修锁配钥匙之类的,他都会。"

"哦。'十路通,九路穷',乡下流行的这句话,说的正是这类杂工。"

[49]

"你还得帮我一个忙。"

"你到底收了人家多少钱?"

"目前是十万。"

我把两张左小祖咒的唱片放在他的 CD 架上,还有一本中文版的《布考斯基的诗集》。这些都是限量版,独立销售的唱片和诗集。唱片一张五百块,诗集六十。

"行啊,你辞职了决定做私家侦探?"

"没有。恰好朋友介绍的,没好推辞。"

"以后有活儿也给我介绍一票。"

"你不缺那个钱。"

"谁不缺钱啊?"

"帮我查一下,惠北镇,六十岁到六十五岁之间,泥水匠,姓曾。"

"神经病,这怎么查啊?"

"这个镇四五万人口,所有上了年纪的基本上都是泥水匠出身,大部分都姓曾,这查下去得有几千人。"

"不管。你先找了就是,明天我找你要名单,得有地址,最好电话也有。"

"你再缩小一下范围。侦探们不是这么破案的。"

"十六年前在江府打工。"

"这在户籍信息上不会体现。还有什么信息?"

"没了。"

"这怎么找?我没办法。"

"有一个养女。"

"这在户籍上不一定能体现。你知道的,咱们这儿农村以前登记户口,都有点儿随便。"

"长得不高。"

"不高是多高?"

"一米七以下吧。"

我也不知道,希望是这样吧。

"这个信息倒是有点用。还有吗?"

"会些木匠活儿。"

"这个信息也没用。"

[50]

"我感觉你最近有点儿不对劲。"

"怎么?"

"电视上连你的名字都看不到。"

"我现在调到对外部。"

"什么对外部?"

"负责联系的工作。"

"真的?"

"是的。"

"这么说你真的升职了?那也不第一时间告诉你老妈?我又不会多要你的钱。"

"不算升职。做不同的工作而已,没什么变化。"

"那还要每天出去采访吗?"

"比较少了。大部分在办公室内工作就可以了。"

"儿子,妈妈对你的事最敏感了,我还是感觉你有点问题。"

"真没有,妈妈。"

"有问题你跟妈妈说。是不是买房子让你压力太大?"

"不会的。我真没事儿。"

"你最近肯定有事。我的直觉告诉我的。还有,你每次给我打电话,除了咳嗽,还经常打哈欠。"

"有时候比较累。"

"失眠,睡不着?"

"没有,最近比较好。"

"因为酒喝多了?"

"没有。"

"那我明白了,你用垃圾时间给我打电话。"

"没有,妈妈,不是的。"

我知道再说下去,她又要开始说找对象的事情,那可就没完没了了。还好,这个时候黄大军的电话打进来了。

"妈,我有电话进来了,改天再给你回。"

"你咳嗽的问题要快去医院看一下,少喝点酒,上次给你的旧熟地,放进水壶里烧开喝下去,多烧几遍,别浪费。"

"好的,我挂了。"

我结束了通话,转接黄大军。

"你过来。"

"你查好了?"

"来崇福大街130号。"

"好。"

崇福大街130号是旧厂房改造的,一家建筑设计公司的工作室。我摁了门铃,一个漂亮的小姑娘出来开门。她的微笑够职业,不过很灿烂,谁见了都喜欢。

里面很安静,地上都是一些石狮子、石臼等石建筑构件,靠墙的柜子里是一些古钱币,墙上挂了二三十幅字画。黄大军和一个肥头大耳的中年人在一个小吧台喝茶。见我来了,他们一起站立,表示欢迎。

"小黄警官啊,这里面,墙上挂着的最贵的就是那幅弘一法师的对联了,虽然只有4.5平尺。不过这个东西放在家里,就跟修行一样,吉祥,图个吉利嘛。这里全场的字画,您随便挑一件。"

"这么好的东西怎么好意思。"

"墙上的字画随便你挑一幅吧。我们都这么熟悉了,今年就送你这么一件作品。"

"那我就恭敬不如从命了。我这位兄弟懂一点儿,我叫他过来,一起欣赏一下。"

说完,黄大军上洗手间去了。留下我和肥头大耳的老板。他的眼神狡黠，一看就有问题。

"你做什么的？"他递了一张名片，名片上写着一大串的房地产建筑企业名。

"没有工作。之前是记者。"

"那一定是见多识广了。"

"没有，知识很浅陋。"

"你是艺术家？"

"不是。我目前辞职了，待在家里，没干什么事情。"

"你看起来像艺术家。"

"我穿衣服比较随便一点儿，不好意思。"

"我猜一下，你是画油画的，职业画家？"我不知道他为什么对我的事情这么感兴趣。

"真不是。"

"书法家？"

"不是。这些我都没有研究。"

"那就是搞摇滚的了。我知道小黄警官听那玩意儿。我最受不了那玩意儿了，什么东西。"

"也不是。我什么都不会。"

"对，你肯定是搞摇滚的。我以前去找小黄警官的时候，就看见他和一些乐手在一起。"

"我不会摇滚。"

"没关系。其实我也不是那么讨厌摇滚，只不过他们弄那什么玩意儿，对了，那架子鼓，敲起来嘭嘭嘭，受不了，唱起来更是鬼一样嚎叫，真不知道他们为什么要那么糟蹋自己的嗓子。"

黄大军还不出来，这个肥头大耳强势又自负的老板还会继续说下去。我不知道和这样的人说什么，我决定接下来就那么礼貌地坐着，一句话也不说。

"对了，你搞收藏的？你一定是职业收藏家，小黄才叫你过来。"

我礼貌性地摇头，学着刚刚进门时候那位迎宾的小姑娘职业地微笑。我不知道自己能不能学得像。这时候黄大军从洗手间发来一条短信：待会儿帮我挑一张最值钱最有升值空间的字画。必须是开门的，这个家伙是个大骗子。

"你主要收藏些什么？字画？"

对于他一连串的问题，我还是礼貌性地摇摇头，入门时小姑娘的笑脸在我的脑海里越来越清晰，我朝她坐着的地方看过去，她也正朝这边看我。然后，她习惯性地挤出了一个笑容。

我也学着她，将嘴巴微微拉长，眼睛微微下弯，两腮轻轻一动，挤出了一个职业的微笑。我想，我那个时候的表情一定很滑稽。

"我想你一定是太紧张了。没关系，我虽然是一个知名的企业家，但是我和小黄是好朋友。因此我们也是朋友，你不要紧张。以后要买房子，尽管找我。"

他说话的时候嘴角挺挺，眉毛弯弯，多么自得啊，多么神采飞扬啊。我想我刚才一定笑得十分难看，因为我实在没有办法控制自己的两腮，它们有点失控了，一直在颤抖。黄大军再不出来的话，我想，我绝对不想再留下来超过一分钟。

"你们在聊什么呢，这么火热。"

"你这个朋友是个收藏家。"

"他？"

"是啊，一定是个行家。"

"你说你是收藏家？"黄大军打趣地说。

"我想我差不多得走了，一会儿还有个事儿要办。"

"那你们随便挑一幅吧。小黄警官，我建议你就选弘一法师那一幅。"

我们一起来到作品前面。这幅老得发黄的书法，墨还是新的，虽然是磨的墨，但是墨条太差，加了机制墨汁，胶质融合得也不太好，线条软弱无力，仿造这幅字的家伙想必没有写过魏碑。印泥看起来也是新的。

大军时不时用眼睛瞥一下我。我们的眼神交流起来十分顺畅，早在中学时期，我们捉弄人的时候，眼神就从来没有障碍。

"这么珍贵的作品，放在你那乱七八糟的房间里不合适。"我对大军说。

"没关系，小黄警官，你们再挑。我还是给你介绍另外这一张吧。"

他介绍的是一张"天道酬勤"。

"这是世界书法家协会副主席写的。"

"怎么样？"大军问。

"你这么懒惰，天不会酬你的。你挂天道酬懒差不多。再说了，这种宇宙级的书法家，挂在你房间里，不把你的卧室压垮了才怪。"

肥头大耳的老板一连介绍了七八件作品，每一件作品我都得跟大军使眼色。

"小黄警官，你还是自己挑吧。看来你这朋友眼光很高，而且不太专业啊，得罪了。"

"其实他只是比我好一点点儿，也不懂。"大军朝整个展厅扫了一圈，然后向我使了一个眼色。他们继续聊着，我自己把整个展厅转了一圈。

"你们自己选吧。"

"你说哪一张?"大军问我。

"我觉得那套四条屏不错。"

这是一套郑孝胥的书法四条屏,笔力雄强,得颜真卿真传,也有汉简的笔法,应该是一件开门的作品。至少在这里面,是唯一能看得过去的作品。

"郑孝胥名声不好。字粗粗的也不好看,而且也没拿去鉴定过。你确定要吗?"

"我的客厅挂这个还不错。"

"小伙子你真觉得这件好?"

"我也不懂。我觉得这四条屏挂在他那里真合适。而且,黄大军也不是什么好人,这种坏蛋的作品,就挂他那里合适。"

"这套四条屏可不是像弘一法师那张一样,是从拍卖行里流出来的,有上过图册。我可不确定保真哦?"肥头大耳说这话的时候并没有瞧着大军,而是恶狠狠地瞪着我,好像我抢了他的老婆一样。

"没关系,就这一套四条屏。"

[51]

"你跟这个人什么关系啊?"

"你没看他名片上写着那么多公司?"

"那跟你什么关系?"

"他有三百辆土方车。"

"原来你收土方车保护费啊。"

"他今年犯了两件事在我手上。"

"你不是户籍科的，怎么管这些事？"

"你没发现我现在警服肩章发生变化了吗？兄弟早就是派出所所长了。"

经常接触，我倒是没注意。我是料到他会一路飞黄腾达的，但是没想到这么快。

"他的建筑公司没有审批私自爆破，炸坏了人家的房子，伤到了人。刑事案件。上周他儿子在省道上酒后开车，在我的辖区内，撞死了一头牛，自己也撞了个半死。血样检查：醉酒，也是刑事。"

我的眼前浮现的是一大堆事故现场。在当记者的时候，这样的现场见得多了。我不知道黄大军接下去将变成一个怎么样的人。利欲令人昏，那是他的事。我知道我刚刚做的是一件错误的事，但是太多的事情，正是由这种横亘交叉的错误形成的。在庞大的现实机器面前，我没有被搅成肉末，已经算幸运了。位我上者，灿烂星空；道德律令，在我心中。那又怎么样呢？虽然你心怀世界，但是你如此卑微和渺小，就算把自己的身体揉碎了，道成肉身，也就一粒恒河沙大小。《金刚经》告诉你，你会有福报的。但是在你的认识还没有开悟到那个度的时候，你怎么看到福报？无我相，无人相，无众生相，无寿者相。当你发现自己的身体和精神正节节支解的时候，你对这个世界的恨，就算是达成了和解。可是你对自己的嗔恨，会否也已经消解？

"资料帮我查了没有？"

"你一定在想我收受贿赂。"

"没有。那是你的事。"

"我不收别人也会收,最后还是得我来办事。黑锅一样得我来背。"

"你这个位置是肥差。"

"我不收他钱。"

"收字画也一样。"

"谁知道这字是真是假,字画好解释。你没看他工作室有监控。这些人鸡贼着呢。"

"这四条屏应该是开门的。资料帮我弄了没有?"

黄大军从后座上拿出一个档案袋交给我。

"还是你这个钱赚得安心。"

"劳酬多少?我这个也是收了人家钱的。"

"你今天的劳动就是报酬。"

"不是同一码事。"

"对了,后座上还有一箱轩尼诗,一并带走,那也是送你的礼物。"

"我还是给你一点儿钱吧。这个不算贿赂。"

"你都没工作了,留着养活你自己吧。这些资料一两千人的,够你排查几个月了,对你不见得有用。"

"多少钱,你直说。"

"我是收礼了,怎么着。我容易吗?我做我该做的,就好了。不然你告诉我,我该怎么做?和你一样清高,然后傻分兮地混下去,辞职,往下混,混成全城最 low 的人,你希望我这样吗?你他妈给我下车。把轩尼诗带走,不然下次不要再来找我。"

无我相,无人相,无众生相,无寿者相。支解吧,有秩序的生活,支解吧,自以为是的精神。

[52]

回到家里,已经是五点多,这是我最容易犯困的时候。从中学开始,我就几乎没有午睡的习惯。那时候,我每天早晨四点多起床,在路灯下学习外语,在操场上放声朗读,中午也不睡觉,在教室里做作业,到了傍晚放学的时候,吃完饭就闷头大睡。这是我当时持续了好几年的习惯,没想到直到现在还有后遗症,那就是每到傍晚的时候,我就开始犯困,生物钟引领着你的意识在这个时候想念一张床。

大部分时候,这个时间点是没空休息的。因此,你的头就开始痛起来,浑身萎靡不振。现在好了,不上班了,没有人安排你做什么了,我可以放心地躺下去睡了。

我倒了半杯轩尼诗,像饮毒酒一样,一口喝下去,然后重重地往床上躺了下去。

[53]

醒来的时候已经是十一点钟。好久没有这么舒舒服服地躺着完全不做梦睡上一觉了。

事实上,我辞职的主要原因是睡眠。你无法想象那种境地,当你按时躺下去,闭着眼睛,渴望睡去,但是又迟迟不能睡着,接着你就睁着眼睛,望向黑暗,你用尽了所有方法,还是睡不着。一个小时，两个小时，三个小时，天快亮了，那个感觉是多么痛苦。

最不堪忍受的是，当你躺下来，眼前浮现出一座城堡，直耸云天，上面的砖头一块一块地掉下来，你开始慢慢地数，一块一块地数，到后来它掉得更快，你担心自己的脚被砸到，你担心自己的身体被坍塌的城堡覆盖。你心慌慌，但是脚步却迈不开。你走的每一步都像是深陷在沙漠里，口干舌燥地挣扎，而风暴就在身后。

被睡眠打败的时间，你只好起床，随便干点什么。喝酒，或者看书，或者写字。你实在什么都不想干的时候，就出门，到酒吧喝酒。可是当你醉醺醺回来的时候，你更睡不着，带着悔恨、懊丧躺在床上，你发现自己像一片废弃的田地，杂草丛生，不值得耕作。

我到动物世界酒吧的时候，他们正在玩掷筛子，七八九，两个筛子数字加起来的那种玩法，七加酒，八喝一半，九就全部喝掉。

我坐在吧台上，喝着扎啤。我不想下去跟他们一块儿玩，我乐意看着他们开心地笑，我更开心自己可以当一个观察者，特别是在睡眠充足的时候。我已经很久没有这么痛痛快快地睡一觉了。当你可以闲下来、静下来而不犯困的时候，你会觉得生活多么容易过去啊，简简单单。你也可以过得简简单单。

"大龙，晚上你的酒我买单。"

"怎么？你找到人了？"

"没有，不过有点眉目了。"

"提前祝贺你。我就知道你神通广大。"

"没有。我还需要你帮我一个忙。"

"你说。"

"我需要找一个人。"

"什么人?"

"惠北镇,六十岁到六十五岁,一米七以下,泥水匠,会木工和磨钥匙等杂活儿,属于'十路通九路穷'那一类的。"

"和找姚先生他女儿有关系?"

"对。姚先生女儿后来被送给这个人。"

"好。我问问论坛的人。但是不一定能找到,你知道,我在那里已经身败名裂。"

马丁新招了一个女服务生,年纪很小,看起来像中学生,也许只有十四五岁吧。她在吧台里低下头去逗弄马丁的狗。和大龙说话的时候,我故意直勾勾地盯着她看。看大龙走开了,她忽然抬起头,撇着嘴巴,拌了个鬼脸,露出一个浅浅的微笑。

"怪大叔。"

"为什么叫我怪大叔?"

"你是大色鬼。"

"没错。我喜欢小萝莉。"

"你们这里统统是怪大叔。"

"你是哪个中学的?"

"不告诉你。"

"不告诉我,马丁就惨了。"

"为什么?"

"我是记者。他在这里雇佣童工。"

"什么啊。我哪里是童工!我是自愿来帮忙的。"

"那问题就更大了。"

"怎么了?"

"未满十八周岁马丁也敢下手,禽兽啊。"

"你是怪大叔,想歪了。"

"我想的确实比说的更歪。"

"我是对面那个中专学校艺术设计专业的学生,现在跟马丁学油画,我们是纯洁的师生关系。还有,我告诉你,我已经满十八周岁了,我不是童工。"

"你们既然那么纯洁,咱们两个关系就不必那么纯洁了。"

"你满脑子都是黄色的东西,恶心死了,和你的牙齿一样黄,我不跟你说了。"

说着,她整了一下心型领,又低下头,非常专心地逗弄马丁的狗。我自顾自喝着我的啤酒,她知道我没事儿一直盯着她看,偶尔也抬起头来,对着我露出浅浅的笑。对于我的眼神,她并不讨厌。她知道,我并没有恶意。

"你挺漂亮。"

"你能不能换个招数,太老土。"

"你很美。"

"神经,关你什么事。"

马丁看我在逗他的女徒弟兼店员,退出筛子游戏,走了过来。

"你完蛋了。"

"怎么?"他一脸雾水。

"童工。"

"她不是。"

"你是禽兽。这么小你也下手?"

"哪里算小啊?"

马丁变得十分正经,每句话都往正常的话题上扯。

"把你的高清 DV 借给我。"

"你不是辞职了？重操旧业？"

"有用。你借是不借？"

"不借怎么了？"

"不借我就把你的女徒弟借走。"

[54]

也许酒喝得不够，回来我竟然睡不着。灯一关，满脑子的蜜蜂在飞，然后城堡就开始出现了，看着砖头一块一块地下坠，一种莫名的伤感涌上心头。我想了很多办法，来驱除这种带着伤感的画面。我回想和极地飞行在一起的画面，想象穿着比基尼的姑娘在我面前摇晃，回忆小萝莉的样子，我尽力了，可是睡眠还是没有到来。看了一下手机，已经六点钟了。我起床抽了根烟，街道上，环卫工人已经干完早上的活儿，三四个人各自踩着装满垃圾的三轮车，吃力地向前移动着。

[55]

我打开电视，边吃早餐边看新闻。初中生儿子用锤子将亲生父亲砸死，这则新闻引起的社会讨论已经持续了一周了。这样的家庭惨剧，让老百姓们有了一个集体深刻反省社会教育和家庭暴力的契机。初中生已经满十四周岁，母亲在接受采访的时候不断倾诉自己丈夫在世时候的恐怖家庭暴力，目的是挽救一时冲动的孩子。死者为大，不是为了挽救自己的孩子，她应该不至于这样抨击和咒骂自己死去的丈夫。妇联和关心下一代工作委员会也主动站出来接受采访，学校班主任和律师也想尽办法帮这个可怜的悲哀的家庭做一些挽救的工作。

干了这么多年记者，从第一条新闻开始，我就知道接下去的连续十几条系列报道的新闻是怎么炮制出来的。为了持续引起社会的关注，明天记者将继续采访社区和心理医生，这两者当然也不能缺席。

接下来是一个"九进宫"的偷车贼。这也是一张熟悉的面孔。这名小偷是本地人，每次偷车被抓进去，放出来一年半载，他就继续偷车，然后等着被抓。这名小偷三十来岁，身体强壮，父母双亡，没有读过书。这些线索资料不是新闻报道的内容。观众和领导们不希望引起一些别的社会讨论。现在，他是一个罪犯，过街老鼠。

"我不知道除了牵车，我还可以干什么。"

他说的是"牵车"，在他的眼里，摩托车、电动车、自行车都是公共财物，谁都可以顺手牵走。我曾亲眼见过他用一根铁线，加一把镊子，三五秒钟就打开一把电动车的锁，警察让他示范给我们拍摄。

我知道再过半年，我们的新闻还将播出他"十进宫"的著名事迹。这就是生活，这就是现实，一切都只是在重复，无休止地重复。我现在辞职了，暂时过着好像没有太多重复的生活，但是我知道，不用多久，我的生活将一如既往，开始新的循环往复。当你第三次开始做重复的事情的时候，你离第十次和第一百次就不远了。

发动汽车的时候，我发现楼下正在做运动的老人们，一个个露出笑脸。他们谈得很开心，这是他们集体唱歌的早晨。

我早上只顾着想自己的问题,并没有听见他们所唱的什么歌曲。只要不相互打扰,我希望所有的人健康、快乐、长寿。

[56]

月牙湾酒店就建在沙滩上。

十年前,这里放眼望去,是一片金色的沙滩,后边是成片的红薯地,秋天的时候,紫色的薯花就开了。这里也是泡妞谈恋爱的好地方。那时候,这里人不多,带上你的姑娘,脱掉运动鞋,赤脚走在沙滩上,随便说点什么都行,即使你不善言辞,你也会感觉谈恋爱真的是一件不费劲、不做作、简单的事情。

我的前女友是一位保守的姑娘,大户人家,衣服也穿得保守。十几年前的一天,我把她带到这里,在星光下,我们听着海浪。很自然地,她的呢喃声淹没在海浪的声音里,一浪高过一浪。我们很快地在沙滩上进入了人生第一次曼妙世界。

我选了五楼一个靠海的房间。并不是假期,因此九点的时候房间也不紧俏。刚打开房门,地上就有一二十张名片,上面写着"按摩"和电话号码。

根据名片的数量,我想,这个房间应该好些天没人住了。不过,床单和地板都还算干净。我迫不及待地打开窗户。前面第一排是别墅,这里是五楼,正好比三层半的临海别墅高了一层,因此不远处白色的海滩还看得清清楚楚。沙滩上只有稀稀落落的几个人。自从这片海域被房地产霸占,过度开发以后,这里的沙滩就变得稀少了。

换了身宽松的衣服,穿上拖鞋,我决定到沙滩上走走,一个人走走。我把手机扔在床上,我想,我得有一点儿时间属于自己。于是,我带着卡佛的《我打电话的地方》出了门。

[57]

回来的时候,手机上有三个未接电话。一个是大龙的,一个是晓菲的,还有一个是陌生号码。

我先拨通晓菲的电话。

"你怎么这么久也不联系一下?"

"最近比较忙。"

"你不是经常说闲得难受。"

"我有时候忙。"

"鬼才信,那你怎么一个电话也没有,你在哪里?"

"惠南镇。"

"你怎么去那里了?"

"没事,出来散散心。"

"我家就在惠南镇呢,我过去找你吧,你住在哪里?"

"月牙湾酒店。"

接着给大龙打电话。我想大龙可能是找出什么线索了,不然这个闷棍是不会随便给我打电话的。

"有线索了?"

"有,惠南镇那边的网友们提供的,不过不知道是不是你要找的。"

"真佩服你。其实当时要是你自己来找,拿不准已经搞定了。"

"我不干这种事了。"

"那你现在干什么?"

"没干什么,看着办吧。根据你的要求,找的是姓曾的,男性,六十岁到六十五岁,泥水匠,还会木工和其他杂活,十六年前在江府打工的,算下来有近二十个。各种信息尽可能地从网友那里给你搜集了,也不知道会不会在这个名单里。"

"把信息发给我。"

大龙发来十七条信息。我从黄大军给的档案袋里,将每个人的信息拿出来核对。我想,接下来的工作应该不会太困难。

大部分陌生号码都是诈骗或者广告。我正在迟疑着要不要回复这个陌生电话号码,电话就响起来了,还是那个陌生号码。

"你好,您是?"

"你个后生,连我的号码都没有存下来?"是小老头儿。他到底是谁?我也懒得追问,是个忘年交,是个前辈。对我来说,仅此而已。这个世界,每个人都穿着外衣,有的人尽自己的夸张能事,把自己装扮得高贵,有的人低眉顺眼,把自己装扮得谦虚谨慎。小老头儿是第三种人,他把自己扮得很酷,却不显山露水。到了那个年纪,我会把自己装扮成什么人?肯定不是现在这个德行。没有办法,你只要活着,就得演,演好自己的角色。最好你既是演戏者,同时也是看戏人。

"不是。我存了你的电话号码了。这个可能是你另一个号码吧?"

"哦,这还差不多。你这么久也没打算来看看你师傅?"

"师傅?"

"怎么,你之前不是说过要给我送花圈,写'小老头儿师傅千古'?"

"哦。"

"你还没行拜师礼呢。我寻思着今天天气这么好,你干脆过来跟我瞎掰扯掰扯。"

"可是我在惠南镇。"

"那正好,离得不远。"

[58]

"你为什么每天看起来都这么疲惫?"

"会吗?"

"你的眼角和脸色泄露了你的秘密。"

"我睡眠不好。"

"失眠?"

"是的。"

"焦虑?"

"对。"

"你这个年纪的年轻人,而立之年,不焦虑是不正常的。我像你这个年纪的时候,每天也都是在焦虑中度过的。"

"没办法,而立不立。"

"你要立什么?"

"我要是知道就好了。"

"你知道。但是你装疯卖傻。你不愿意承认自己的现实,然后你就每天都看起来苦大仇深的样子。"

"我很苦大仇深?"

"是的,你自以为没有。你苛责这个世界,但是并不够苛责你自己。你反省得不够彻底。你看这个世界不顺眼,看自己也不顺眼。但是归根结底,你是看这个世界不顺眼。你有精神洁癖,你不知道精神建立于泥沼和粪土之上。你不切实际,犹豫不决,眼高手低。你没有认清你自己。你觉得别人很糟糕,却不知道怎么把自己变得更好。你不懂得欣赏你自己,你喜欢糟践你自己,糟践自己甚至成了一种癖好,有时候还因为这样沾沾自喜。所有文艺青年的通病,你全部都有。"

在这个小老头面前,我是多么不堪。他的每句话都让我脊背发凉,我不知道自己眼前站着的是一个怎样的人。我发觉自己必须重新审视这个老人,他应该有七十岁吧,或者更多。

"你打算支解我吗?"

"你必须从这种不健康的自恋中走出来。你需要一面镜子,这面镜子可能是你的女朋友、你的同伴,反正是一个可以和你走在一起的人。精神生活的同伴。你需要时不时照照镜子,因为你的长相太丑陋了,你虽然也有察觉,但是没有真正认识到问题的症结。你要首先学会安排好你自己,日常生活中,还有精神生活中。你得重建自己的家园,你一个人的家园,不然你怎么配有一个家,怎么配和别人共同生活呢?你太自负了,你以为你能量巨大,其实你的气场很稀薄,因为你不切实际,不接地气。你以为自己是正确的,你以为自己可以立地成佛,我告诉你,你不是这个世界的井,你不是这个世界的源泉;相反,你只是你自己的井,你自己的源泉,你要学会享受自己的甘泉,你不能过度开掘,你不能把自己的甘泉变成毒酒。你要学会善待自己。如果你自己都过得不开心,你怎么配享受世界的精神？你首先要发现光，它才能照亮你的世界。"

面对小老头儿劈头盖脸的话，我既感觉沮丧，又感觉醍醐灌顶。这是怎样的人物？我和他认识不久，但是他能洞悉我的内心。我为自己广袤但是苍凉的内心世界感到羞愧，我为丑陋不堪的自己感到羞愧。

"不谈这个了，谈这个你需要付昂贵的价钱。今天算是免费赠送。我们来谈谈画。"

他不仅仅是一名艺术家，也是上帝派来狠狠地扇我一巴掌的。只可惜我并不懂画，我没有办法从他的画作里窥探他丰富的内心。

"真不好意思，我对您的画一点儿都不懂。"

"你懂。只是你总是不说实话。"

"我……"

"你说出来的话，每一句都在背后藏着点什么。不过，小伙子，你在我面前看起来还是太嫩了，你的表情和眼神，我看得一清二楚。"

"我对自己也不清楚。"

"你其实有自省的能力，你能反思。你虽然看起来嫩了点儿，但是你不笨。我在你这个年纪的时候，也玩世不恭，对人对事都挂着自己的想法。你的眼色和眼神很清楚，是个明白人都看得出来，不仅仅是我。"

这是一个怎样的老头子？我忽然觉得自己像是一面透明的墙，僵硬地站在这里，在阳光的折射下，什么都被窥探得一清二楚。

"你有抑郁症，但是抑郁症没有什么大不了的。艺术家都或重或轻地存在这个毛病。这说到底也不是什么毛病，别太当回事。每个人都被生活折磨着，都过着逼仄的生活。你那点小纠结和内心的小矛盾没什么了不起。别太拿自己当回事，小伙子。"

"我很把自己当回事？我觉得自己就是一傻帽儿。"

"问题就在这里。你既把自己看作傻帽儿，又桀骜不驯，太分裂了，所以你混不好。"

"您老人家是上帝派来的？"

"对你来说兴许是这样的。你可以放松一点儿生活，没有人对不起你，你也没有对不起这个世界，你就是活着，和一条毛毛虫没什么大的区别。你就是蝼蚁，就是虫豸，就是微生物，就是寄生虫。你是蛔虫也没有关系。你有你存在的理由。你睡不着觉，疲惫、焦灼，力不从心，郁闷、困惑，这些都是正常的。没什么大不了，你正视它，然后藐视它。别人也这样子，你那点小情绪没有什么大不了的。"

我感觉自己的身体在颤抖，双腿也在抖动。我忽然觉得冷。这一点儿也不像是在夏天。但是外面的知了在叫。在你身体发虚、发飘的时候，你需要喝一点儿开水，加糖，或者加盐。落地玻璃窗外，两株香樟树立在那儿，香樟树的存在对于这座通体透明的建筑物来说，是一个防止你撞墙的警示标志。这又是小老头儿的工作室。室内有假山和水流的声音，水从一根两米来长的竹子流下来，然后引到一个大石磨的中心，石磨是转动的，水从石磨的底座流出来，进入底下的鱼池。地板也都是透明的玻璃，就建在水上面，脚底下是游来游去的各种观赏鱼。坐在这里，你感觉自己有铁掌水上漂的功夫。门开着，有微风和鸟鸣。

这是小老头儿的工作室。我不知道他到底还有多少财富。

"这地是政府批给我的，房子的所有权也不是我的，但是只要我活着，就归我一个人使用。"

"您真有钱。"

"你也会有的。钱够花就好了，多了也不过是不好不坏。但是不能穷，千万不能穷，社会这么残酷，生活这么现实，你怎么能让自己成为一个穷光蛋呢？穷了你就被生活和别人奴役，越穷被奴役得越多。我看你状态不太妙。你要调整好自己的心态，不能着急，也不要跨越。生活的秘密就在于它的秩序，你要尝试着去理解宇宙的秩序，明白自己的位置。三十岁以上的男人，要明白自己在宇宙中的位置，要学会体验时间，要在宇宙中尝试着寻找空间感。我的话你一定能听懂。"

"一点点。我也不知道自己是否能听懂一点点。"

"我看你很不会安排生活。"

"是这样的。"

"你看我，年纪这么大了，人还这么酷，怎么玩都是酷的。你看你，年纪轻轻，胡子拉碴，你可以修得更有型，要么就干脆刮掉，干净清爽。衣服，看看你的衣服，领子和袖子已经脏兮兮了，要勤快一点儿。牛仔裤脏一点儿还过得去，但是这款式也太老了。那双耐克篮球鞋，质量还不错，穿着应该挺舒服，但是已经开始脱胶了，回去扔垃圾桶里。估计你的房间和你的生活一样乱。年轻人，要学会安排自己的生活，安排是什么会吗？做个比喻，就跟做音乐一样，就那么几个音阶，哪个音阶安排在哪里，出来的旋律才会好听，才不会俗气，这个要精心地安排。连日常生活都不会安排的人，精神生活怎么走得远？"

"我的生活确实一团糟。我也不知道怎么理出一个头绪来。"

"你看起来很沮丧，虽然有时候这种自卑和沮丧的情绪被你的玩世不恭遮蔽着。"

"我自卑？"

"你很自卑，有时候看起来好像是一个自信的人，但是你内心是深深的自卑,只不过你直接把那些让你自卑的东西忽略掉罢了。主观意识上将它们忽略掉了。"

我一时不知道自己该怎么回答。阳光从屋顶打下来,虽然是初夏,但是不会觉得热。

"你想过自杀?"

"想过,偶尔,一闪而过。"

"我像你这么年轻的时候也想过。四十岁的时候也想过。不过我觉得还是得活着。记得我酒店里的那根发簪吗?是我夫人的。她在我四十出头的时候就仙逝了。在那个是非年代,我作为丈夫,没办法保护她。然后她受尽折磨死了。我很自责,我也想去死。后来有一位长辈,跟我现在这个年纪。他问我,你也死了,能改变你妻子痛苦的过去吗?我说不能。他又问我,那你死了能改变你痛苦的未来吗?我回答,我都死了,还有什么痛苦的未来?他对我说,你错了,你的生命止于痛苦。你的灵魂也一样,就定在那个痛苦的瞬间。如果你还活着,你或许有办法改变它。你的亡妻看到你活得开心,她的痛苦也就跟着消逝了,你们的心灵在一起,你快乐,会照耀到她。快乐最单纯,极具感染力。我想我的生活方式不对,我得想办法改变它,等它变得快乐起来了再去死。后来我找到快乐了,就不想去死了。"

"那位前辈说得很好。"

"我告诉你一个秘密,几乎没有一个早夭的思想家和艺术家是经得起推敲的。从生命的长度来看,那些年轻的艺术家也没有几个经得起推敲。要活命,让自己身体健康,头脑清醒。"

我感觉自己的头脑内一阵阵的暴风雨袭过,形成摧枯拉朽之势。生命有时候像一潭死水,有时候又波澜壮阔,这是常态,是自然的安排。头上还有阳光,四周有花草树木,有流水和鸟叫,生活还是值得过下去的。

今天叫你过来,是要送你一幅画。他将一块灰色的幕布拉下来,一个画架就在我们的身后。这是一张抽象的油画。画面里有三个人,一个闲着抽烟的老人,戴着白色貂皮帽。他的左侧是一个穿着比基尼的姑娘,性感,但泰然自若。他的右侧是一个神情沮丧的年轻人,脸色苍白,眼神里充满了欲望。我就是画面里的年轻人。这就是那天我们在他岛屿上别墅里谈话的场景。

我感觉自己的身体就像竹子一般,被经验丰富的老篾匠用刀子一节一节破开,我能听到清脆的声响。我忽然觉得自己站在这位长者面前,以朋友的方式进行交谈,是一种僭越和不敬。但是我知道,他喜欢这样。我也是。

"我过段时间要开一个追悼会。"

"追悼会?"

"我的追悼会,活着的时候开才有必要。人不会多,但是你要来。我死了以后你要送花圈的,这个不能抵赖。我不要别人送花圈。"

"我记着。花圈右边一条写'小老头师傅千古',左边一条写'愚徒小伙子敬挽'。"

"可以。小伙子,我先记着。不过我改变主意了,不用等到我真的死的那一天,我开虚拟追悼会那天,你就带着这个花圈过来。"

[59]

我以为可以美美地、放心地睡个好觉。我以为住在这个海边的酒店，没有人会打扰我的睡眠。可是，一大早，我还是被广场舞的音乐闹醒了。虽然音乐离这里还有一段距离，但是海边的早晨，声音传播的距离更加辽远。

我站在阳台上，可以望见百来米开外的沙滩上，早起的人们正迎着朝阳，欢快地舞蹈。这是海边的早晨，这是一个有梦的早晨。但是，这也是有广场舞的早晨。人们的生活需要广场舞。

我提着高清DV，口袋里装着一个话筒套，那是我辞职前所在电视台的台标。今天，我将以冒牌记者的方式行骗。我不觉得可耻，但感到害羞。"窃钩者诛窃国者侯"，我行骗，以善意的方式，不危害任何人。我是这么想的。这个世界的秩序很混乱，你别想着用道德和法律来规范全部。

"你好，我是电视台的，能打扰您一下吗？"

"你好，欢迎你。"

在乡下，电视台的影响力比市区大，老百姓们从电视上看到的都是表面的宣传，他们相信权威，相信掌握权威的人。他们相信媒体倾向于弱势者，他们不明白有些强势集团掌握着这一些内幕。

"我今天是来调查一下统计局最近的人口经济普查工作是否进入到你们的家庭。"

"统计局？"

"哦，不，就是做人口经济普查工作的。"

"前两天倒是有人来问过。发了一张单子，问问家里有多少人，每年收入怎么样。"

"我知道他们想问我家里头有没有黑户。开什么玩笑，多生几个，不就是罚款嘛。"

和我说话的曾姓老人抽出三根中华烟，递上一根，然后将另外两根装进烟盒里。抽出两根请客是礼貌，抽出三根是不是更高的礼节，这个我还真不明白。然后他从西装内里口袋拿出另外一包蓝色七匹狼，七块钱一包的烟，自己点上了。

"大爷，您应该有六十出头了吧，孩子们都成家立业了吧？"

"是的，三双孩子，爷爷外公都当上了。最小的女儿去年结婚，也养孩子了。"

"您的女儿去年才结婚？"

"哦，我四十二岁才生的她。"

"亲生女儿？"

"你这怎么问的？还有假的或者买的？"

"对不起，我不是这个意思。我们农村不是有很多抱养的嘛。"

"你以为我四十二岁就不能生孩子啊？"

"不是那个意思。"

"那是什么意思？我告诉你，老爷子我现在都还能生呢！"

我想，他不是我要找的那位泥水匠。我拿出档案资料，在刚刚走访的第一家的资料上做了一个记号，然后核对了新地址，继续出发。

[60]

第二个曾姓老人叫曾有德，家离这里不远，在更靠海边的海角村。由于地理位置靠海，这里的人们基本上都是渔民。看我拿着电视台的摄像机，摩的师傅非常热情。他边开车，边给我报热线。村委书记欺压老百姓，邻居家的小土狗下了七只小崽，镇政府暗中拆迁了人家的祖坟结果镇长第二个月就被双规，他以为我会对他的这些线索很感兴趣。他问我线索费是多少钱。我只好告诉他，电视台的热线电话是多少，你要打热线电话，才能拿到线索费。我已经有半年多没有和这些人打交道了，他们是热心的观众，他们相信电视台主持正义，是正义的化身。

经过渔港的时候，摩的停了下来。我以为已经到了，提着机器准备下车。摩的司机告诉我，这边也有好几个记者。我正准备让他把车开走，就发现对面一个报社的记者在和我打招呼。我赶紧将话筒套收起来，放在兜里。

"听说你已经辞职了？"

"是的。"

"为什么？这个行业确实不是人干的。"

"不是。我感觉自己干不好这个工作，做了这么多年，连三流的记者都谈不上。"

我不想继续谈下去了，我不想在别人面前一直强调自己作为 looser 的角色。这很没意思。人们更喜欢有底气的趾高气扬。当然，他们也需要笑料，我正好是大家谈论起来最为合适的笑话题材。以前我也乐意让大家开心，但是现在不是，我忽然厌烦了那样的表演，自己把自己当作猴子一样耍。我是厌烦了自己。

一会儿又过来两三个同事，避不开了。

我把机器放在车上，下来和他们一起抽了一根烟。这些都是工作中经常跑在一线的同行和同事，大家彼此三天两头都会碰到一块儿。有不少时候，我们在一起等新闻，就会随便攀谈起来。混熟了，有时候一个稿子，大家会互相沟通、互相借鉴。当然彼此之间也有竞争，不过这又怎么样。我们之中的大部分人，对于把新闻做好，已经没有太多热情。人都疲了。摩的司机老实巴交地待在我们旁边，好像对我们的谈话很感兴趣。

"最近怎么样？"

"马马虎虎。今天怎么回事？"

"我们在等一艘营救的渔船回来。前些天一个小天文潮，一艘小舢板翻船，三个渔民失踪，已经找到两个。"

岸上是焦急的家属。可以听到妇女们的哭声，大概是那位失踪渔民的家属。海风将悲哀的哭声吹散了，减弱了。作为记者，一名新闻工作人员，对于死亡和各类奇异的事情，我们已经失去惊讶和同情的能力。有时候，你只会赞叹，现实比我们的想象更残酷，更荒谬和不可思议。你心如止水，对什么事情都能以客观的态度去看待。就像入殓师一样，完整的或者残损的身体，只是他们的工作对象和道具而已，他们早就熟练了，不带有任何感情色彩，帮助逝去的人完成世间的最后程序。

"最近在哪里发财？"

"你们也知道，我不是能发财的料。"

有些时间没有见面了，我也不知道该跟他们谈论一些什么。我正要走开，摩的司机指着海边的一个穿着白色T恤的老头子说，那就是我要找的曾有德。

我不得不将摄像机拿下车，付了摩的司机五块钱。前同事和同行们看我重操旧业，大家心里不知是怎么想的。不过，这跟我没什么关系。我过我的生活，做我的事情，只要不偷、不抢，不触犯法律底线。曾有德一个人坐在海边的礁石上，时机合适，我径直向他走去。

"你好，老曾。"

"你好。你不要采访我，我是他的远房亲戚而已，我什么都不知道。"

他大概以为我要就失踪者的情况对他进行采访。

"你误会了,我是公安局的。我们有一个案件,和一名二十二岁的小姑娘有关。现在掌握的线索只知道是你们村的,姓曾,这名小姑娘的家长年龄和您差不多。"

对面就是海边的一个警务室,两名警察站在警务室前,双手后剪。

"你们没有查一下吗?我没有女儿,也没有孙女。我只有两个儿子,一个在打渔,一个是傻瓜。"

他说着有点愠怒。我想,我找错人了。我赶忙跟他道歉,灰溜溜地往回走。

接下来三个走访同样无功而返。

[61]

回到酒店大堂的时候,已经是六点多。我正准备往电梯走,忽然有个人叫住了我,回头一看,是晓菲,她坐在大堂的沙发上。

我回过神,走向大堂的沙发。沙发前的茶几上,烟灰缸已经快满了,桌上的中华烟只剩下三根。我抽出一根,坐了下来。

"也不打个招呼就上楼?"

"你来找我的?"

"不然呢?"

"不好意思。怎么不先打个电话?"

"问你呢,你的电话怎么打不通?"

"是吗?"

我拿出手机,确实已经没电了,我也不知道它什么时候自己关机了。

"怎么办?"

"我请你吃海鲜喽,还能怎么办?"

"这还差不多。"

[62]

晓菲是惠南镇人,她带着我来到一家海鲜餐馆,所谓的餐馆其实是搭在海边的铁皮屋。这样的铁皮屋,已经被端掉好几处。这一家应该是新开的。

坐下来我才注意到,晓菲今天做了个新发型,头发拉直了,齐肩,微微向上弯曲,和电视剧里民国时期的大学生一样的发型,穿着紧身的有底纹的白色衬衣,上面露着两个纽扣,很淑女的装束。

"你的新发型很漂亮。"

"有眼光。"

"穿得漂亮的姑娘就是有自信。"

"你现在学会表扬人了。"

"看谁了。我损人也还可以。"

"你怎么会上我们这个破镇儿来度假呢?"

"你们惠南镇破吗?"

"反正我小时候的印象就是破破的。"

"现在不一样了。"

"你是哪个村的？家离这儿远吗？"

"不远。我有几年没有回去了。"

"这么近？有时间还是得回家看看嘛。"

"看谁？"

"亲人。初恋男友。"

"我的父母亲都过世了。"

"哦，对不起。"

"还有亲人吧。"

"还有两个哥哥。"

"那还是应该回家看看。"

"我们谈点别的吧。"

菜上来了，海蛎煎、蚵杂鱼、黄酒煮螃蟹、白灼九节虾、沙虫炒蒜薹，还有苦瓜汤。

"喝啤酒？"

"不怕痛风？"我问。

"我们在海边的人，这么吃了多少年了，又不是经常这样吃。有时候人一开心，管他痛不痛风。"

每个人五六瓶啤酒下去，我就微醺了，晓菲也一样。

惠南镇的初夏之夜，海风轻抚，天很蓝，空气中带着淡淡的咸味。我和晓菲手拉着手，在海滩上行走。我感觉她有心事，眉头紧锁，也许是此时此地的情景，勾起了她的回忆。

"你刚才为什么没有继续问下去？"

"什么问题？"

"我为什么不回家。"

"那我现在问吧,合适吗?会不会不礼貌?"

"那两个哥哥不是我的同父同母哥哥。我是赠送品,我的亲生父母把我送给养父养母。你知道的,我们这边重男轻女。"

"这样啊。"

"他们只生了两个儿子,所以想要一个女儿。"

"所以他们要了个女儿养老。"

"对。但是他们没有想到自己死得早,根本没来得及养老。"

"真遗憾。"

"我妈妈死得早,癌症。爸爸五年前出海,就没有回来了。五年前有一次大台风,来得比预测的早了一点儿,海上的风大,整艘小舢板刮没了。"

龙王号台风。那个时候,我负责惠南镇的新闻报道,八名渔民在台风到来之前失踪,由于台风马上就到来了,营救工作虽然努力地展开,但是毫无效果。为了抢时间,政府动用了直升机,但是海浪巨大,根本找不到任何蛛丝马迹。营救工作宣告失败。

失踪的八名渔民中,应该就有晓菲的父亲。

"父母双亡,你应该跟你的哥哥嫂嫂们关系更好才对啊。"

"你别说他们了。"

她的声音有点嘶哑,借着酒劲,声音更在风中丝丝发抖。她的全身也在发抖。我知道,这个时候,作为一个男人,我必须抱住她,哪怕是一点点的安慰,作为朋友。

"爸爸去世没多久的一个晚上,哥哥强奸了我。"

她在沙滩上坐下来,海风轻抚着她的头发、肩膀和衣领。我们在沙滩上静静地坐着。这时候的大海,非常安静。一个浪卷上来,又静悄悄地滑下去、循环往复。

[63]

"怎么样,你是不是觉得送上门的姑娘不怎么样?"

"怎么会?"

"那你为什么心事重重?"

"有一个疑问一直萦绕在我的脑袋里。"

"什么疑问,你说吧。"

房间里只有走廊的灯还亮着。没有开空调,晓菲的身体已经是冰凉的。她的皮肤是那么光滑,细长的手摸起来像刚破土的嫩竹子。

"我在想,你是不是我的二十万。"

"什么二十万?"

"大龙托我找的人,会不会是你?"

"怎么会?"

晓菲从床上爬了起来,点上一根烟,递给我,然后自己也点了一根。她把烟灰缸也拿到床上来。

"你父亲年纪多大?要是活到现在。"

"五十五吧。"

"会不会泥水活儿?"

"这个镇上有点年纪的老人都会。"

"会不会木工活儿或者磨个钥匙什么的?"

"我懂事以后他一直在打渔。"

"你的身份证能借我看一下吗?"

我看着她的身份证:曾晓菲,1992年出生。

"你这么年轻?"

"怎么？还嫌我年轻?"

"你确定你不是早个三四年出生的?"

"我看你这些天想二十万想疯了。"

"不是。我总感觉我正在接近这件事的真相。"

"你脑袋坏掉了。有这么一个大美女躺在你的床上，竟然还有心思想这些事情，一点儿风情都不懂。"

[64]

第二天醒来，晓菲已经走了，她给我留了一张纸条，建议我在附近继续找找。之前锁定的那五个曾姓的老人都有可能就是我要找的人。我给黄大军打了个电话。

"给我介绍一个社区片警。"

"哪里的?"

"惠南镇。我的工作还没完。"

"还没找到?"

"快了。"

"那么多材料你是怎么做分析的？比我们刑侦中队还牛啊你。"

"我也不知道，得去碰碰运气，收了人家的钱。"

我来到海边的警务室，还带了两条烟直接往他们的茶几扔了两条硬中华。两名警察很客气，听说我是记者，而且不是来找麻烦的，他们有说有笑，泡起了茶。

"这泡茶不错，5800块。"

"闻着很香。"

"还是你们记者好，经常有人送东西。"

"我们走的地方多罢了，也不一定。没有你们好，随便到基层转一圈，老百姓就像敬土地公一样。"

"哪有那种好事。"

我看这两名警察，泡茶的矮个子是正式的，端着茶杯闲聊的是一名戴眼镜的协警，两个人都四十岁左右。

"说吧，什么事。我们跟你们记者都是老交情了。"

"我想找一个人。"

"这个村的？"

"没错。父亲六十岁到六十五岁之间，女儿在二十二岁左右。会泥水工、木工之类的。"

"这个好说，交给阿东，他是本地人。"

他说的阿东就是那名戴眼镜的协警。我给他再次递上一根烟，然后将手上的五份档案打开，让他过目。阿东仔细地阅读了档案，寻思再三。他将烟雾直接吐在档案上，然后烟雾就向四周散开。

"这五份档案里，没有你说的人。"

"那村里还有这个情况的人吗？"

阿东坐在电脑前，打开一份表格，上面是密密麻麻的名字，他审阅了一遍，大概十分钟左右。

"对不起，还是没有什么人符合你所说的情况。"

"再想想，有没有什么特殊情况的家庭？"

阿东脱下警帽，把头发往后捋了捋，他前额一根头发也没有。

"想起来了，倒是这个曾有德，以前有一个女儿，好像叫什么曾阿娇，可能年纪跟你说的符合。曾有德以前好像也会点泥水活、木工活之类的。"

"我问过他，他说他只有两个儿子，一个有点傻，没有女儿。"

"对。他这个女儿没有上户口。不知道后来怎么样，好些年都没有见过这个人了。"

"你说他有一个女儿？"

"有，抱养的。你知道，我们这边有定娃娃亲和抱童养媳的习俗，曾有德的儿子智商有点问题，据说抱这个女儿来就是为了跟他那个傻儿子结婚的。"

"就是他了，应该没错儿。"

我的声音有点激动。不过，直觉告诉我，事情并没有那么简单，也许还要经过一小番努力。

"你说她已经几年不见了？"

"是的。我想想，至少得有六七年没有见过也没有听说过这个女孩子了吧？"

"什么长相？"

"女大十八变，也不记得长什么样了，要是让我再遇上她，我也认不出来。"

"鼻梁上有没有一颗痣？像观音菩萨一样？"

"对，是这样。不过，前两年有听说，她到县城里，在酒店里上班。这个年龄的女孩子，干什么的你应该猜得到。"

[65]

"有好消息？"

"我不知道，应该是好消息吧。"

"你找到那户人家了？"

"基本上可以确定了。"

"什么情况？"

"她已经六七年没有回家了。这户人家我只见过一次，还没有跟他们交流过，你要自己去看看还是我替你们去？"

"我们夫妻俩自己去。"

"照规矩，应该我替你们去。"

"我们这也算不上什么生意，你已经帮了我太多的忙了。我真是找对人了。谢谢你！"

"希望是这样。"

"我们马上就出发。"

"大晚上的？"

"对。你说，我得给他们带点什么礼物好？"

"这个我也不懂。"

"是啊，这个问题该我自己想。"

我把曾有德家的地址和了解到的基本情况编成短信，发给他。我没有告诉他，曾阿娇可能在酒店上班，做小姐。这个事没有得到验证，只是传闻。这是他们自己的事。

[66]

"你有些时候没有来我们这儿了，孩子们想你了呢。最近很忙？"

"没有，瞎忙一些乱七八糟的事。"

"孩子们说最近在电视上没有看到你的镜头和名字。"

"我辞职了。"

"哦,难怪。"

"有什么更好的地方去?"

"没有。这个工作做累了,想换个生活和工作方式。"

"那也好。那个女施主刚走不到十分钟。"

"哪位?"

"我上次跟你说的那位女施主。本来想让你们认识一下。"

"有缘会遇上的。"

我想起了刚才在路口等车的一个小姑娘,看起来挺清秀,有点眼熟,也许就是她吧。会持续这样发善心的姑娘,不是白富美,就是心里有个什么愿要还。

我从后备箱里扛出几大包东西,字帖、两大捆毛边纸、五十支毛笔、二十张毛毡,一箱久久墨汁,还有几十个瓷碟子,当砚台用。孩子们急着将这些物品拆开,任阿姑怎么说也没用。在阿姑的指挥下,他们每个人拿了一套,就争着找自己的位子坐下来。

这时候,电话响了,母亲打来的。

"怎么这么久没打一个电话?"

"最近忙晕了。您还好吧?"

"你姐最近常过来,还是生女儿好。你那边怎么那么吵?"

"我在外面。"

"你又出去采访了?"

"有时候出来活动一下。"

"你做的什么工作啊,一天到晚那么忙?"

"嗯。"

"我给你物色了个对象,人长得好看,家庭条件又好。你姐也认识,她说姑娘性格温和,挺不错。你给个时间,什么时候空闲?"

"我已经在看了。有个长辈介绍了一个。"

"真的假的?"

"真的?"

"多看一个也不浪费。"

"算了。"

"就明天,明天周日,你应该有空。"

"我明天……"

"没有比这个更重要的。就这么定了,我回头给你电话。"

阿姑走了过来,笑着说:

"你母亲吧?"

"是。"

"你年纪也不小了,做母亲的也确实该着急了。"

"我还没有过婚姻生活的状态。"

"婚结了再有状态也不晚。"

"也许吧,但是我还没有对象,有哪个姑娘会看上我?"

"你没有发现自己的好。真的找一个姑娘了,你拿不准就会发现自己其实什么都会。怎么样,我也给你介绍一个?"

我笑了笑,走到孩子们中间。这些自由自在大呼小叫的孩子们,在毛边纸上乱涂乱画,我一走进他们中间,大家就更瞎闹起来。

[67]

我回到公寓楼下的时候,已经十点了。楼下的小广场上,广场舞还在继续,但是一团混乱。这种混乱的场合,一般都有记者在场。我把车停在离小广场五六十米的地方,抽了根烟。

从嘈杂的声音中,大概可以听出是楼上的住户们,不堪其扰,约好了一起下来,跟跳广场舞的阿姨们理论。中考、高考临近,楼上的孩子们不堪其扰。不过阿姨们说,这里是单身公寓,平时也很少见到有学生们出入。

谈判看来没有什么进展,咒骂声很快淹没了商量的口气。显然是这些气势汹汹的本地阿姨们占了上风,楼上的住户们灰溜溜地逃走。

结果和我想象的一样。

记者们趁着这些阿姨们还在气头上的时候采访了她们。我知道,明天她们看到自己新闻里的形象和动作,以及激烈的言辞,准要后悔的。

电话响了,姚先生约我见面。

"这么晚了,改天吧?"

"如果你还没有睡着,就晚上,我就在市区。"

看来他有点儿着急。我发动汽车,朝着一家小茶馆奔去。

我到的时候,姚先生已经在小茶馆的大门口等着了。水已经煮开,这时候,来一杯红茶正合适。

"这个店有卖我的红茶。"

"哦。"

"又有什么情况?"

"那老头,曾有德,死活不肯说出我女儿在哪里。"

"这也可以理解,他养了你女儿那么多年,突然冒出一个她的亲生父亲。"

"我心平气和跟他说我——我活不久了。"

"他怎么知道你的来意?"

"我当面给了他三万块钱。"

"收下了?"

"开始不收,后来收下了。但是说到我女儿的事,还是一言不发。"

"你别着急。"

"我问他我女儿电话号码,他也不给,说她已经六七年没有回家了。"

"我打听来的也是这样。"

"你说他们怎么可以这样?一个小姑娘六七年不回家,也不去找。你说哪有这样的浑蛋父亲?"

谁是浑蛋父亲?小的时候,我们敬畏父亲,他们是权威,是堡垒;但是长大后,我们渐渐发现父亲也难是十全十美的人,他和我们一样,有缺点,也有优点;再后来我们成人了,娶妻生子,渐渐理解了什么是父亲,但是父亲已经老了,或者已经死了。然后,来不及了,你已经没有父亲了。就算是有一个浑蛋父亲,也比没有好啊。

"是,我这个亲生父亲更浑蛋。"

"没事,你会找到你女儿的。"

我只能安慰他,这个忧伤的男人,这个垂死的父亲。他拿出手机,上面是一些照片,拍的是土墙上和一本发黄的笔记本里的一些电话号码。

"这些是我从他们家唯一能找到的线索了。你看看有没有用。"

这些电话号码有的没有写姓名,有的姓名前缀是"阿"或者

"臭",有的后缀是"吓"或者"啊"。我把他手机上的图片转发到自己手机上。

"我昨天晚上往你卡里划了五万块。"临走前,姚先生说。

[68]

"你终于给我打电话了。"

"我有事找你。"

"我也有事找你。"

我不知道晓菲找我是什么事,不过,我的事她多少应该能帮得上忙。

已经有些时候没有来动物世界酒吧了,酒吧里满满的都是人。马丁见到我和晓菲同时出现,做了一个鬼脸。酒吧的大屏幕上正在播放恒大对阵南美冠军米内罗竞技队。

"你们两个搞在一起了?"

"什么叫搞在一起?"

"你搞他,他搞你。"

"神经。"

呼喊声此起彼伏,一浪接着一浪。这场比赛,球迷们更多关注的是过程,而不仅仅是比赛结果,因此是一场很享受的比赛。罗纳尔迪尼奥吃到红牌下场的时候,有的观众表示叹气。中国的联赛球队出现在屏幕上,观众们并没有一边倒,这样的比赛少之又少。

"你要我帮什么忙?"我用酒瓶子顶了顶晓菲的手臂。

"你先说。"她看得比我还入神。

"你什么时间有空,陪我去找一下人。"

"还没找到?"

"是的。那个姑娘叫曾阿娇,二十二岁,比你大一点儿,已经六七年没有回家了。"

"跟我有点像。"

"她在酒店上班,可能是干那个的。"

"你为什么找我?"

"你是惠南镇的,这个行业的人也许你认识几个。"

"我真该跟你绝交。"

"不好意思,我不是那个意思。"

"你认为我也是出来卖的?"

"没有。我以为你那些姐妹们也许有人认识。我知道你只是做按摩工作。"

"随便你怎么想。"

"不方便就算了,当我没说。对不起。"

"算了,不跟你计较。也不是不可以帮你的忙,不过你也要答应我一个条件。"

"什么?"

"我跟一个姐妹打了一个赌。"

"需要钱?不是太多没问题。"

"不是。我跟她说我有男朋友了。"

"然后?"

"她不信,跟我赌一趟台湾游。"

"你要我帮这样的忙?"

"对。很简单,你每天给我发两三条短信,肉麻一点儿的,百度上找的也可以。时间是一个月。"

"你觉得叫我做这种事合适吗?"

"你看着办。"

"那算了。"

我继续看屏幕。比赛进行到第五十六分钟,比分是2∶2,恒大球员在右路杀入禁区被对方放倒,很明显的一个点球,但是主裁判没有判罚点球。

"怎么样?成交不?"

"性交可以,成交就算了。"

"你怎么这么流氓?"

"天生的,没办法。"

"那我就不帮你找了。"

"算了,我自己想办法。"

[69]

"怎么样?出发吧?"

我揉揉眼睛,是晓菲的声音。她电话里的声音,更显得大大咧咧。

"你准备做义工?"

"谁让我认识你这么没劲的男人。"

我看着镜子里的自己,确实是一个十分没劲的人。头发很乱,头上像架着一个鸟巢,胡子拉碴,乱七八糟,从下巴一直长到喉结,一张瘦长的脸,像刚刚被炮轰过似的。黑色镜框已经掉漆了,该换一副了。

我随便穿上件衣服,懒得打理,就出门了。

我到银行查了一下,五万块已经到账。和晓菲约在万达,只等了两三分钟,她就准时出现了。我把车停在万达的地下一层停车场。

"怎么?你还要带我逛万达?"晓菲心里是欢喜的,但是她表现得并不是很乐意。

"你该洗个头,再买一套性感一点儿的夏装,把自己打扮得骚一点,这样跟我出去我才不会显得丢脸。"

"什么?瞧你自己那熊样,跟从老鼠洞里跑出来的一样。"

我已经理完发,刮完胡须,帅气的年轻理发师还在给晓菲吹头发。他试图说服晓菲买一张一千元的会员卡。我直接到柜台买了一张会员卡,递给晓菲。理发师向我微微一笑,我告诉他买卡挂的是他的名字。他礼貌性地表示感谢。

"你男朋友理光头看起来像是某位著名的艺术家。"

"你说像哪个艺术家?像凡高吗?"晓菲故意逗人家。

"不不不,凡高没有这么帅。"

然后我们进了无印良品,晓菲在挑选自己的服装,我从头到脚试了一身,把牌子撕掉,然后将旧衣服扔进垃圾桶。

"你发财啦?"

"没有。这衣服又脏又旧,确实跟我不配。"

"新衣服应该洗洗再穿。"

"不管了,回去再说。"

晓菲一件衣服也没有挑,她说这里没有她喜欢的衣服,我硬给她挑了一顶天蓝色的太阳帽,跟她脸型和宽松的丝绸上衣挺搭配。

"你是想贿赂我?"

"没有,我一起床,照照镜子,觉得自己确实跟凡高一样凄惨。"

"哈哈,你自己也这么觉得。你是得找个姑娘给你收拾收拾了,我知道那个不是我。"

"凡高三十七岁死了。我离三十七岁还有一点儿时间,我得赶紧想办法卖掉一幅画。如果画卖不掉,在死之前泡个姑娘也不错。"

[70]

晓菲带我来到惠南镇一座写字楼里的演艺公司。公司的经理是一个三十出头的年轻人,留着长头发。这么热的夏天,他穿着长袖牛仔上衣。

"你新吊的凯子?"

"什么凯子?我新男朋友,比你好多了。"

晓菲说着朝我笑一笑,然后将手搭着我的臂弯。这应该是她的前男友,我看他们对话的酸劲就感觉到。我配合着她的动作,朝这个年轻人微微一笑。我实在不知道在这样的时候,应该做出怎样的表情。场面看起来有点尴尬。

"嗯,确实比我好。"

牛仔倒是很大方,邀请我们坐下来,泡起了普洱茶。

"帮个忙,找人。"

"你昨晚电话里说的,什么曾阿娇,我查了一下,之前确实有这个人,年龄也差不多是二十二岁,不过,她身份证上的名字是曾婷。"

"你底下哪个公司的?"

"酒店行业的。"

"做鸡?"

"注意词语。服务行业,我们是做正经生意的。"

"方便联系一下她吗?我们找她有事。"

"不好意思,她半年前已经不在我的公司了。"

"有没有办法找到她?"

"这个不靠谱的姑娘。"

"怎么了?"

"老子也想找她呢。去年年底,她用安眠药把一个醉醺醺的客人弄睡着了,然后将人家绑起来,用拖鞋打了一顿,就失踪了。"

"肯定是你的那个客人变态。"

"她那两万块钱押金我赔人家都不够。"

"有个性,干得好。"

牛仔倒是有说有笑,表情也不严肃。他递给我一支香烟,从盒子里拿出来,没有品牌。

"这个够劲。"

晓菲接过去,折断,撕了,然后扔进垃圾桶。我一时愕然。

"人家不抽这玩意儿。"

应该是某种毒品吧。然后,他从办公桌上拿来一包没有过滤嘴的骆驼香烟递给我,并且很礼貌地要帮我点上。我推辞了,自己拿出打火机点上。

"你这个朋友一看就是一个有文化的人。不过眼镜已经变形了,得去换一个。干什么的?"

"记者,不过辞职了。"

"我说呢,是个有文化的人。来我这边吧,你是记者,见多识广,来我这里施展手脚吧。"

"我暂时还没想上班。谢谢你。"

"没关系。等你愿意上班了,找我。我底下还有一家文化公司,正缺你这样有文化的人。晓菲就喜欢有文化的人。"

"我也不算文化人。"

他不断变换说话的方式,一会儿像个生意人,一会儿又像个老熟人,一会儿又看起来特别陌生。我实在不大明白跟这样的人怎么交流。事实上,我还不明白自己眼前坐着的这个浑蛋家伙是什么样的人。走进这家演艺公司之前,我应该先跟晓菲打探底细才对。

"你为什么找她?这个姑娘很有个性,不好搞。"

"没有,我也是受人所托。"

"她以前跟过我。"

"不好意思,我可以跟你多了解一些她的信息吗?"

"没关系,我这个人什么都可以问。晓菲的朋友,可以敞开胸怀谈。小曾的胸围 34B,身高 163,算标准了。不过服务态度不太好。"

"我想知道一点儿她的身世。"

"这个我就不太清楚了。你不会是警察吧?"

"真不是。"

"以前跟我的时候,她告诉我她是惠南镇人,好像跟家里有矛盾,好几年都没回家。我酒店那边的工作人员身世都有点复杂,这你应该可以理解。我一般不问她们的身世,除非她们跟了我,主动告诉我。"

"哦。"

"我知道的也就这么多。"

"你手下的人能联系到她吗?"

"这个我无可奉告。她目前真不在我这里,再说了,她们的联系方式什么的,我也不会透露给你。这是规矩,明白吗?年轻人。"

"好的,谢谢你。"

出门前,晓菲从包里拿出一个信封递给他,厚厚的一沓,应该是人民币。

[71]

"那个牛仔是你前男友?"

"算是吧。刚从家里出走的时候我身上没有钱,一个身上没有钱的小姑娘得找个靠山。你能理解吗?"

"我明白。"

"我跟他一段时间之后,他要我出去卖。"

"他手头好像掌握着很多姑娘?"

"是的。他给她们大麻和钱,你知道,这两样东西就能控制她们。我明白他是一个怎样的人后就离开他了。"

"他不会找你麻烦?"

"不会。他这方面倒磊落,在行业里有名声。我离开的时候他借给我一笔钱,叫我如果需要的时候可以再去找他。"

"你刚才给他的是钱吧?"

"就是还他的钱,欠了几年了,他也没有开口讨过。我决定离开的时候,他当时毫不犹豫借了我两万块。我当时拿着那两万块,差点就感动得哭了,你知道吗?我差点决定继续留下来跟着他。"

"他人应该不错。"

"是的。他要不是叫我去卖,我当时真的会继续跟着他。"

"他身边不缺女人。"

"是的。但那又怎样呢?他看起来阴阳怪气,其实人很细腻。我钱也还给他了,我们不谈这个了好吗?"

车驶上国道,晓菲将副驾驶座位置向后面拉,双脚抬到安全气囊的位置,然后点了一支烟给我,自己也点了一根。

"你这样躺着影响我开车。"

"你就这么点定力?"

"不是,这车是租来的,我怕把方向盘顶坏。"

"要不,我们先放松放松?"晓菲说,看着我,很认真的样子。

"大白天的,神经。"

她指挥我朝右边的一条村道开了进去,是一片龙眼林。现在龙眼价格低廉,这片果林是废弃了的。开了四五百米,我将车停在一株不太高的龙眼树底下,树叶正好将前挡风玻璃严严实实遮住。她将座椅放低。

"你说她户口本上为什么叫曾婷?"车驶出龙眼林,上了国道,我问晓菲。

"根据她的身世,她可能是黑户,被抱过来的时候没有上户口,然后随便弄一张身份证。"

"这身份证会是假的吗?"

"难说。"

"曾有德家的户籍我查过,没有这个人。"

"你这个事情倒挺有趣,像侦探小说。"

"我现在就在干侦探的工作。"

"要不你也侦探一下,调查一下我是怎样的。"

"你嘛,我刚刚已经深入调查过了。"

晓菲拿走我的手机,胡乱地编辑着短信,每一条短信前面都加上一个"亲爱的",然后她自己的手机噼里啪啦地响个不停。

[72]

一觉醒来,已经是上午十点钟。我打开电视,山区发生了一起重大车祸,七死两伤,市长和市委书记忙得不可开交,报纸、电视就是这么报道的。有一个得了抑郁症的男子从全市最高的楼上跳下来,媒体关注的是为什么抑郁症男子能爬上楼顶,为什么消防门不是关着的,楼顶为什么没有护栏。至于什么是抑郁症,这个人为什么得抑郁症,人们并不是特别关心。儿童医院有一名男婴死在医院的婴儿房里,身体看起来好像被烧焦了。家属们将医院围了起来,孩子是不是在箱子里烧死的,院方、家长、政府各执一词。这件事情已经包住一个星期了,网上早就传得沸沸扬扬,今天新闻终于报道出来。

到处都是死亡。没有战争,人类一样因为各种原因意外死亡。我实在分不清梦里、电视里和现实这三个世界,它们的分界点在哪里。我感觉自己躺在这张铺着白色床单的床上,病入膏肓。

头确实有点烫,喉咙也开始难受,声带发出声音来,微微有点痛。我知道,这个时候我只要吃几颗响声丸,泡杯罗汉果喝下去,到晚上应该就没事了。

我看了一下手机，有一条晓菲的短信。糟糕，这才记起了跟晓菲约好的早上九点钟在万达见。匆匆洗漱、吃药，喝了一杯罗汉果茶之后，我拨打晓菲的电话。

"对不起，不知怎么的睡不醒。"

"没关系，我在万达逛呢。这里帅哥很多，我在星巴克喝咖啡。你慢慢来。"

"我马上就出门。"

从星巴克出来，晓菲提着一大堆东西，大概是滋阴补肾的营养品之类的东西。

"你提这些东西干吗？"

"去拜访我一个老姑婆。"

"你姑婆？"

"是的，和你要找的曾阿娇是邻居。怎么，不乐意去？"

"谢谢你。"

[73]

晓菲的老姑婆家与曾有德家只隔了一片红薯地，也是白色的石头房子。我们进去的时候，她正在用柴火煮猪食，大锅里是薯藤粉，红薯叶，还有其他的各种菜叶。味道闻起来，其实挺香的。

"你来看老姑婆我就很欢喜了，干吗还带这么多东西。"

"我要是空着手过来你欢喜了我不欢喜可怎么办？"

"鬼丫头，这么会说话。你这个男朋友一表人才的。"

"怎么样，老姑婆，您还满意吗？"

"你喜欢就行了，跟老姑婆满不满意有什么关系？"

晓菲的老姑婆已经八十几岁了，不过骨骼硬朗，精神矍铄，比她描述的还要让人惊讶。她提着一大桶猪食，一点儿也不觉得吃力。我和晓菲想要搭把手，她就是不让。

"这种脏活，我老太婆自己来。"

"老姑婆，我们不怕脏。"

"你们什么时候结婚啊？"

"早着呢老姑婆，我还太年轻。"

"什么嘛，我老太婆十四岁结婚，十六岁就生娃了。你没看现在人家都生了两三个大胖娃娃才结婚的。"

我对晓菲说："你老姑婆还挺开明的，你可以生孩子了。"

"小伙子，你是做什么工作的？"

"他呀，当警察的。"

"嗯，警察好，牢靠。"

"他很坏呢，老姑婆。"

"你们年轻小姑娘不都是喜欢坏男人吗？"

"老姑婆，要不你再重新给我介绍一个嘛。你以前不是说要给我介绍既有钱又老实的老公？"

晓菲在农村算是一个通情达理的小姑娘，很懂得人情世故。从老人家的表情可以看得出来，她非常疼爱晓菲。

"我小的时候寄在老姑婆家养大的，她是世界上最疼爱我的人。"

"真好。"

"但是后来到养父母家，我的命运就发生了变化。"

"不说这个了,你的命会越来越好,越来越快乐的。"

晓菲朝我会心一笑,转换了话题。

"老姑婆,那个坏警察有问题想跟您了解一下。"

"有问题?"

"对。他想了解一些你们村曾有德家的事情。"

"曾有德?怎么了,他们家怎么了?"

"没什么,他以前是不是有一个女儿?"

"要问我问题啊,年轻人?"

"是的,阿婆,打扰您了。"

"那可不行,要问我问题得叫我老姑婆啊,先叫我老姑婆才能问话。"

老人家笑得非常开心,像个小孩子似的。

"是的,老姑婆。"

"曾有德他们家那个姑娘啊?有好几年都没看见了。她是不是发生什么事了?"

"没有,老姑婆。有一个小案件想要她配合调查。"

"她犯事了?"

"不是的,老姑婆,她没有事,是她朋友的事。"

"哦,她没事就好。这个小姑娘挺讨人喜欢的,勤快、有礼貌,就是命不太好,听说被送来送去好几手。不知道几年前忽然就不见了,也没有回过家。我老太婆记性不太好。本来曾有德抱她回来养,是要给他们家阿旺当媳妇的,但是后来不知道怎么了,她忽然跑了,再也见不到,阿旺也就娶不到老婆了。"

她说的应该是曾有德那个智商有点问题的儿子。

"十几年前被抱过来的时候应该是五六岁了吧,长得很瘦,看起来挺可怜的,有德忙农活的时候会把她寄在我这里。"

"姑婆,她眉间有一颗痣是吗?"

"对。和观音菩萨一样。小姑娘很乖,很本分。曾有德对她也不错。那是哪一年啊,曾有德要给她和阿旺办婚事,让他们同床。家里所有仪式都办了,亲戚朋友也请了,结果没几天,她人就不见了,再也看不到人,也没有听过什么音讯。"

"那是五六年前吧,她那时候才十五六岁就让她结婚?"

"十五六岁都可以生娃娃了,我十六岁就生晓菲他大叔了。我记得她要走的前两天,还来过我这里,眼睛红肿,也不知道受了什么委屈。她嫁给阿旺确实是有点亏,长得那么漂亮,身体又健康,嫁给一个傻子,谁愿意啊?我安慰她,每个人都有自己的命,你不认命又能怎么样?一个这么水灵的小姑娘,叫她一辈子守着阿旺,确实也挺难为她的,怎么说呢?"

从晓菲的老姑婆家出来,我和晓菲向曾有德家走去。窄窄的田埂,走在上面,松软松软的。由于近海,土壤里盐分太多,种其他东西,产量和品质也不太好,所以只能种些红薯之类的。现在不是种红薯的季节,田里稀稀落落种了一些茄子、西红柿和小白菜,长势都很差,有的是枯黄的。

曾有德家住的是典型的闽南沿海房子——砖木结构屋顶,白色的海蛎壳墙,矮矮的,看起来很漂亮,也很结实,冬暖夏凉。这房子应该有七八十年了吧,屋顶的瓦片和砖头都黑乎乎的,有的地方可能由于椽子已经被白蚁啃蚀,微微塌陷了下去,脊梁处的水泥块也已经断裂。这样的老房子,是这一带的特色建筑,因此这里也是有名的民俗村。不过,大部分人家都搬到新房子去住了,留下的这种老房子,没人愿意出钱修护,因此大部分都是破破烂烂的。

我们敲了门,没人答应,晓菲就推门进去。屋里有一个中年人,穿着军绿色的中山装,坐在天井里晒太阳,神情恍惚,看起来三十多岁吧,身上脏兮兮的。他应该就是阿旺。

看我们自己推门进来,阿旺瞪着小眼睛。

"请问这是曾有德家吗?"

阿旺不置可否,眼睛越瞪越大。我们是闯入者,也许吓到他了,他的口水滴了下来,落在中山装的衣领处,衣领下面已经湿漉漉的一大片。

阿旺有点紧张,手指摇摇晃晃,跟我们"啊啊啊"了一会儿。正在猜测他表达的是什么意思的时候,阿旺的手指向大门,我们回过头,见到了曾有德。他提着一把锄头进门,将门开得更大一点儿,随后将锄头放在大门后面。

"你们是?"

"我们是公安局刑侦大队的。"

"什么事?"

"对不起,又来打扰您了。我们正在调查一个案件。您是不是有一个女儿,叫曾阿娇?"

"我不管你是记者还是公安,我不是跟你说过了,我只有两个儿子。一个就是你面前的这个傻子。"

"但是根据我们的调查,您收养过一个女儿,六年前也就是她十六岁的时候离家出走了。"

我也不确定是不是六年前,但是为了说明我们有准备,调查深入,我必须使用准确的数据,这是当记者的时候,刑侦科的民警告诉我的,询问嫌疑人的时候,你必须把数字说得尽可能准确,哪怕那个数据是假的。

"我没有养过什么女儿。"

他有点不高兴,情绪渐渐激动起来,这正是我们想要的。

"您养了她十来年,应该是有感情的。我们也是来帮您的,不要因为一时的情绪放弃她,您毕竟养了她十六年了。"

"她是不是犯了什么罪?"

曾有德承认了。初步目的已经达到,我得控制好局面。他拿过一个凳子,自己坐了下来,也没招呼我们。我和晓菲挪过另外两个凳子,坐在他旁边。曾阿旺直勾勾地瞪着我们,一只苍蝇停在他的鼻子上,他也无动于衷。老曾伸手帮儿子赶走苍蝇,可是苍蝇绕了两圈,又停在曾阿旺的手臂上。

"她这几年有回家吗?"

"她要是敢回家,我打断她的腿。"

"也没有联系家里?"

"她要是敢回来,我用扫把把她扫出门,败坏我曾家的名声。"

老人说话的声音越来越小,慢慢把头低下去,眼角已经湿润,他用皴裂的手,重重地擦了一把。也许是眼睛擦疼了吧,他的泪珠子滚落了下来。

"她不是发生什么不测了吧?"

"没有,没有,您放心。"

"我没有什么不放心的,她都不认我们了,我才没有不放心。她就是死了我也不管。这么多年来,她寄过一套衣服给我,我六十岁生日那时候。那套衣服我到现在也没有穿过。这之后,她一点儿消息都没有。我们已经当她死了。"

"六年了,她就一次家也没有回过?"

"没有。那时候我是鲁莽了一点儿,她不跟阿旺结婚,我扇了她几个耳光。你可知道,我养了她十年,从来没有动过她一根手指头。我把她抱过来,就是要传宗接代的,结果她不愿意嫁给阿旺。可是,婚礼都办了啊。"

"她也许什么时候偷偷回来看过你们呢?"

"她下狠心了,不回来了。我也不指望她回来了,这姑娘,算是白养了,死了算了。"

"那曾婷是谁?她好像用过这个身份证。"

"曾婷?曾婷是她表妹。不是,是我们阿旺的表妹。你们倒是说啊,她是不是犯事落在你们手上了?"

"曾婷和她平时有联系?"

"不知道。"

"你们没有给她上户口?"

"上户口怎么跟我们阿旺结婚?上户口要到二十岁才能结婚啊,不然可要罚款,你看看我们怎么交得起罚款?她二十岁我们阿旺都快四十了。"

"最近一两年内,还有谁跟她有联系?"

"鬼知道。谁知道她死哪儿去了,她最好是已经死掉了。"

狠话说到这里,曾有德开始心软下来,眼泪顺着他的两颊,稀里哗啦地落下来,他甚至沙哑地哭出声来,越哭越大声,他的哭声充满了整个院子。随后他的膝盖扑通一声,落到地上,他给我们下跪了。

"求求你们,你们放过她吧。她虽然做鸡,给我丢脸,但是她也是命不好啊。我从江府把她抱回来的时候,她已经被人家抛弃过两次了。我也知道逼着她嫁给我这个傻儿子不对,但是我也没有办法啊。我知道是我害了她,我对不起她,她心里对我有恨。那也是我的错,让老天来惩罚我吧,让雷公把我劈死吧!阎王爷啊,把我带入十八层地狱吧。她会去做鸡,也是走投无路,你们给她留一条生路吧,我求求你们了。"

然后他一直磕头,我们怎么拉也拉不起来,直到他把脸和身体都贴在地上,悲哀地抽泣。我们不能再问下去了。我们严重干涉了人家的生活。我从兜里抽出五百块钱,塞给阿旺。他露出迷茫的眼神,看着我和晓菲。然后我也跪在地上,贴近曾有德的耳朵,我努力控制好自己的情绪,对他说:

"她没有犯错误,她是个好姑娘。我们这次调查的案子和她没有直接关系,是她的朋友犯了法,我们需要她的帮助。我们不会抓她,您放心。"

我们掩门离开的时候,透过门缝,我看见曾有德瘫坐在地上,看着天空,一片迷茫。

[74]

"你好,我是公安局的黄警官。"

"我还是检察院的呢。"

"你好,我真是市公安局的黄警官,不是诈骗。"

"那你找我什么事?我又没有犯法。"

"我们有一起案件跟惠南镇的曾阿娇有关系,从她那里找到这个电话号码,不知道你和她是什么关系?"

"曾阿娇?哦,你们把她抓了?"

"没有。我们在调查一个案件，希望你配合。"

"关我鸟事。"

对方挂机了。我把姚先生给的号码一个个拨打过去。

"你好，我是公安局的黄警官。"

"我是黄警官他爷爷。"

对方挂机了。他也许真的是黄警官的爷爷，但是黄警官和我有一毛钱关系吗？我又拨了一次这个号码。

"你好，我真的是市公安局的黄警官，我不是搞诈骗的。对不起，打扰你了。"

"我没有犯法，没有信用卡，不懂得汇款，最近也没有买车，不需要返税。"

"你好，我们正在调查一个案件，和一个名字叫作曾阿娇的女孩子有关系的一个案件。我们从她的住处找到你的电话号码，不知道您和她什么关系？"

"曾阿娇，我舅舅的养女。"

"惠南镇的曾阿娇。"

"她怎么了？出事了？"

"没有。我们正在调查一个和她有关的案件。您和她有联系吗？"

"我有七八年没见过这丫头了。她出事了？"

"没有。"

"真出事了才好。我不认识她。"

还有一个号码。电话那头是年轻女孩子的声音。

"你好，我是公安局的黄警官。"

"什么？"

"我是公安局的黄警官。我们想跟你了解一下和惠南镇的曾阿娇有关的信息。"

"我表姐?她怎么了?"

"请问你是不是叫曾婷?"

"我是。我表姐她怎么了?"

生活其实很容易,有一些工作其实并不费劲。但是你不一定有赚这种不费劲的钱的本事。即使你有这个本事,你也不一定适合并敢于从事那样的职业。你要允许自己昧着良心。这对于一些人来说很简单,但对于有些人却很难。我想,接下来,我应该干一些不那么费劲的事,讨生活不应该那么辛苦。但是,我能干什么呢?我也不知道。

"没事。我们在查一个和她的朋友有关的案件,但是联系不上她。"

"我也有两三年没有见过她了。"

"你可以把她的联系方式给我们吗?"

"我有她以前的电话号码。但是她经常换电话号码,现在的我也没有。"

"能把你的地址给我们吗?我们想当面向你了解一些情况。"

[75]

"你能不能专业一点儿,穿个职业装?"

晓菲穿着一套低胸装,流行的小短裙。

"你今天是一个警察,至少应该职业一点儿。"

"那你跟我上去挑。"

晓菲住的也是单身公寓,有个小厅,和房间连在一起,收拾得非常干净。桌几和窗台上都放着一盆兰花。床上胡乱扔着几本书,安妮宝贝的短篇小说,还有一本朱文的诗集,床头柜上有一对漫步者音响,还放着几张 CD,此外还有两三本杂书,尼采和凡高的传记等。

"没见过按摩女郎看这些书的。"

"按摩女郎怎么你了?你看不起按摩女郎,那就给我滚。"

"没怎么,就是看书太乱,比你的人还乱。"

"难道你不希望我更乱一点儿?"

"希望。"

"说话没带脑子。别磨叽,过来帮我挑衣服。"

她的大衣柜里,花花绿绿的衣服,内衣都放在格子里,十分整齐。我对女人的衣服完全没有概念。我帮她挑了一套看起来比较像职业装的白色套裙。就是裙子还是太短了点儿。但是没有办法,她根本就没有长一点儿的裙子。我开始脱 T 恤。

"你干吗?"

"你叫我上来挑衣服,难道没有其他想法?"

"你脑袋发烧了。谁对你有想法?"

"别废话,过来,把事情办完了再说。"

"你太流氓了。"

"你喜欢就好。"

"谁说我喜欢了?"

"三分钟之后你就知道你是喜欢的。"

"你太无耻了。"

[76]

"我表姐她到底怎么了?"

"没什么。她朋友的事,但是跟她有一点儿瓜葛。"

"她还活着吧?"

"活得很好,你放心。只是我们一时找不到她,你最近一次跟你表姐接触是什么时候?"

"有两年了吧?当时她找我借身份证去办卡。"

"办什么卡?"

"银行卡。"

"你记得是什么银行吗?"

"建设银行,或者工商银行。我也忘了,你们可以去查一下。"

"她姓名没有登记,还是黑户。以前怎么读书的?"

"她算读完村里的小学,没有毕业证书。"

"你知道她近几年在干什么吗?在哪里工作?"

"你们应该比我清楚,我也不知道她在哪里上班。那种地方我又不会去。"

"还有哪些人和她关系比较要好?"

"不知道。我跟她小时候关系比较好。但是后来她出来,没有再回家之后,我们也很少联系。再加上她三天两头换手机,谁找得到她啊。"

"你们一般怎么联系?"

"她需要帮忙或者良心发现的时候会给我打个电话。但是这两年都没有打电话。我还以为怎么了,原来出事了。"

"她没有出事。只是我们一时找不到她。"

"那你们干吗那么费劲找她?"

"这是我们的工作。"

"我表姐其实人很好,你们别太为难她。她干那行也是迫不得已,不然她一个女孩子出来,无依无靠,怎么过生活?"

"你放心,我们不扫黄。"

"表姐她其实也挺可怜的,她长得那么漂亮,谁愿意嫁给一个傻子啊,舅舅逼她嫁给傻表哥,要她跟他睡觉,你说哪个女孩子,正正常常的,愿意嫁给一个一天到晚流口水的男人啊?她不是得白白养他一辈子?她离家出走,我们那些亲戚们都只知道骂她没有良心。你们可知道,为了让她死心,让她死心塌地嫁给那个傻表哥,我舅舅甚至命令我那个头脑正常,身体强壮的大表哥事先将她强奸了。"

"什么?"

话说到这里,这位叫作曾婷的女孩子义愤填膺,她深吸一口气,胸脯一上一下跳动着,眼眶也红了。她是一名朴实的工人,没有什么心思,很容易信任人。我要真是一个骗子,她就惹上大麻烦了。

"我那个舅舅也真是的,怎么能这样。人家女孩子,一辈子的前程就这样给他毁了。"

我知道,再问下去,也问不出什么有用的消息来了。

[77]

"这个小姑娘,命运也够凄惨的,"去黄大军家的路上,晓菲说,"同样是被抱养的,和她比起来,我已经算是幸运的了。我以前以为自己已经很凄惨,没有想到有人比我还凄惨。"

"你不是有看小说?事实上,生活比小说还要残酷。活生生的生活,你以为小说已经很荒谬了,但是生活其实更荒谬。你永远也想不到,人自己是多么的荒谬。"

"你像个哲学家。"

"我就是哲学家。"

我忽然很想把这件冒牌侦探的活儿好好做下去。我想知道这个姑娘是谁,经历了这段荒谬的人生,她是否还能坚强快乐地生活下去。我希望我将找到的那个姑娘已经变得堕落,堕落到最低下,堕落到麻木不仁,我希望看到的她,已经不再看得上人间的冷暖,我希望她的脸皮已经和一堵承重的水泥墙一样厚,她的心已经硬得像海底的石头一样,不然她怎么应付这糟糕又荒谬的人生?

我让晓菲坐在车里等我,自己进了大军的屋子,我把一万块钱扔在他的茶几上。

"你给我收走,不然马上滚蛋。"

"收走也可以,我明天就用信封寄到你办公室。"

"你敢?"

"你敢不收试试。"

"我把你逮捕起来。"

"先别。你让我把这摊事儿做完了再逮捕我。你看我,都决定下血本了。"

我把事情的经过和大军大概说了一遍,他调侃了起来。

"艺术家的诞生往往从同情一个妓女开始。"

"我们不比妓女高尚。至少人家坦坦荡荡营生,也没偷也没抢。"

"你小子脑袋烧坏了,一定是烧坏了,没救了。"

[78]

孩子们对书法越来越感兴趣。这一次,我一口气给他们带了四五十本字帖。

阿姑说,庵里的三四个孩子,一天可以十来个小时趴在桌子上写字。他们没有玩具,没有花花绿绿的世界,写字对于他们来说就是很好的游戏。我想起自己很小的时候,一天到晚坐在姐姐旁边,看着她练习书法,出神地看着她,画出神奇的线条。那时候,姐姐扔给我一根她用秃了的笔头,我蘸着清水,在家里的红砖墙上书写。那是最美好的时光,在孩提时,我体验到了创作的快乐。红砖墙被我画了几千遍,我一遍一遍写上去,看着每一根线条在上面,水一点点被吸干。看着自己的作品一点点消逝,那是我童年最大的快乐。孩子们也许和我一样吧,他们没有其他的好玩的东西来分心,变得如此专注。

我把颜真卿的《自书告身帖》一字一字地临摹给孩子们看,每个人发给他们一张。每个孩子都如获至宝。

为二十几个孩子每个人临写完一张字帖的时候,已经到中午了。阿姑从庵外走了进来,手里拉着一名小姑娘,淡妆,很素雅。一看阿姑的表情,我就知道这就是她前两次跟我说要帮我介绍的对象。阿姑给我们彼此做了介绍。

"这墨水很好闻。"

这是姑娘说的第一句话。她叫采苹。阿姑把她带进来,介绍完后就说自己要去准备午斋,要我们都留下来吃午斋。我是讨厌吃斋的,三餐没肉,就完全没有胃口,所以我很少留在半月庵吃饭。不过,这一次,我倒是愿意留下来吃顿斋菜。

"我感觉你很面熟。"我边临帖边说。

"呵呵,你们有文化的人,见到女孩子也用这句话开头的吗?"

"不是。我是说真的,我一定在哪里见过你。"

"不过我好像也有这个感觉。"

午斋主食是馒头,有一两个青菜。地瓜叶用花生油炒的,很香。

吃饭的时候,我细致地观察了她的长相。她应该二十岁出头吧,脸色有点白得不是特别健康,一对银色的小耳坠把她的小脸衬托得特别淡雅。

如果这不是在半月庵,我会直截了当地跟她说:"姑娘,我们约会一下,谈谈对象吧。"但是这里是半月庵,我不能把自己无耻的一面表现出来。在阿姑的眼里,我是一个温文尔雅、知书达理、懂礼貌、有爱心、负责任、有正义感的年轻人。我想,她应该是这么跟采苹介绍我的。

吃过饭,阿姑建议我把她送回去。她的暗示太明显,采苹也明白了。

"阿姑,你不用揪心了,谈恋爱我们在行。"采苹笑着说。

"现在的年轻人真开化,不像我们结婚的那个时代。"阿姑笑着说。我不知道阿姑的身世,也不知道她是否结过婚。但是,她看起来确实不像一个尼姑,她是二十几个孩子的妈妈。也许是爱心让她当了这个尼姑庵的主持,也许是别的原因。每个人都有自己的故事,每个人的故事里，都有一部分不足为外人道。孩子们的未来改变了她的人生。

汽车发动了，阿姑一直在朝我们招手。她笑得非常开心。

"阿姑笑得好诡异。"

"不是，她笑得很开心。两个半月庵的老主顾要是走在一起，她最开心了。"

"这倒是。"

"要不，我们成全她一下？"

"你们文人也这么直接？"

"要不我们把车开出去绕几个弯，兜兜风再回去？"

"你说话拐弯抹角。"

"我不是文人，我是流氓。"

"不怕文人变流氓，最怕流氓装文人。"

"你说对了，我今天就是想对你耍流氓。"

在我的车上，什么话都由我主宰。事实上，我也不知道怎么跟一本正经的女孩子打交道。她们把自己封锁得密不透风，你无法想象一个看起来单纯美好、说话嗲声嗲气的淑女，她们是怎么吃饭和上厕所的，你为了达成目的，还需要跟她们绕圈子，需要给她们制造许多浪漫的泡沫，你需要太多的耐心。多累啊！

我喜欢简单直接，也喜欢和这样的女孩子在一起。每个人都在隐藏和伪装，认为世界需要这样运行，而她们乐在其中。她们喜欢把自己打扮得高贵冷艳，这是她们的本钱。她们认为自然和随意是低贱的。作为低俗的人之一，我闯不进她们的世界，我会惊扰到她们，会让她们感到恐惧和无所适从。多么粗俗、不堪、低贱、卑微的我啊。

"我可不懂得对女孩子耍温柔。"

"我没读书,不会你们文人那一套。"

"我简单、直接、粗暴。如果惊吓到你,那我收敛一点儿。"

"没关系,我见过很多比你还粗俗的男人。"

"我真的很粗俗吗?"

"比较粗俗。不过我也不会装纯。只有在半月庵的时候,在阿姑那里,她认为我是淑女。她一定是这么给你介绍的。其实我也不是。"

"这么说我们还是比较有缘分的。我们要彼此珍惜。"

"你的话太假了。"

"你看,我们都是俗人,又都喜欢到半月庵去装雅;我们都不是好人,却坚持去那里扮好人献爱心。我们两个太像了。"

"谁是俗人,谁不是好人啊?我才没跟你像。你是坏人。"

"我确实是坏人。喂,好人,要不我们一起到市区喝杯咖啡吧?"

"你这算是发出正式约会的邀请吗?"

"你觉得是就是吧。我总不能不捧阿姑的场吧?"

"你也没了解一下我就打算约会我,你太草率了。"

"不约会怎么了解你?"

[79]

酒吧里是谢天笑的演出。据说邀请他来一趟,一个晚上的演出费用一万块。摇滚行业已经混到这样了,出场费也就一万块,还包括长途跋涉的差旅费用，实在寒碜。有什么办法呢？你既然玩进去了，就不要想钱。你只要想着这个钱够你花就好了。世界这么大，钱这么多，你能挖到多少就是多少。可以不富有，但是千万不能穷，穷人难以争取到悠闲。悠闲才是生活中最应该去争取的。

演出确实来了不少观众，但是就算酒吧挤得满满的，马丁也赚不到钱，这个只有我们几个人知道。真正来听音乐的，大部分都只是提着一瓶啤酒，一直站到音乐结束。有的客人甚至除了买票之外，没有其他的消费。在这个小城市里，摇滚是前卫的穷人们听的，富人们对这个不感冒。他们钱多得可以包养女明星，他们需要的是女明星们莺莺燕燕的声调。

"音乐这么闹，不过还挺好听的。"

"开玩笑，这是偶像级的明星。"

"偶像级？我怎么不知道？"

"你以前崇拜错了。"

说是偶像级的，采苹不以为然。显然，她对摇滚乐一无所知。我也不想做义务的普及工作。谢天笑还没有这么大名气的时候，动物世界酒吧经常露脸的这些伪文艺青年，基本上是他的粉丝。

音乐转场的间歇，马丁从人群中挤出来。看我身边带着一个姑娘，他故意扮鬼脸竖大拇指。

"正点。"

"当然，我从来不晚点。"

"混那么久，你今天终于修成正果了，晚上我请你喝酒。"

"不要。晚上我自己买单。"

"要不你连我的单也一起买吧。"

"你又不是女人，不能满足我，我可不花这个冤枉钱。"

马丁笑着走向吧台，拿着两个扎啤走过来。

"最近有漂亮姑娘了，难怪都不过来。"

我知道马丁那张破嘴接下去要说什么，他接下来要开始拿我开涮，他马上要开始当着女人的面损我了。这样的夜晚，我乐意当傻子，只要他们开心就好了。

"你这么漂亮的姑娘，怎么跟这种二逼青年混？"

"他很二吗？"

"你连这个都不知道还敢跟他啊？"

"趁我还没有跟他之前，你赶紧告诉我吧。"

"这个人是骗子你不知道吗？他的车是租的，房子也是租的，这个他肯定没有告诉你。他身上还整天穿名牌。你看他在姑娘面前，花钱还假装阔绰。这是个骗子，你知道吗？"

"我倒想看看他接下来还有什么话。"

"姑娘，您别往火坑跳，我告诉你。他不仅是个骗子，还是个疯子。上个月喝多了，把我们酒吧的玻璃门也砸坏了。要不是我大方不计较，早把他大卸八块。这要是换别的地方，不被人家五马分尸才怪。他喜欢色情和暴力，你要有心理准备。"

"你扯哪儿去了。我啥时候砸你家玻璃了？"

"你看，他没有赔偿不说，还赖账。他脸皮厚着呢。我告诉你，他泡妞的时候脸皮特别厚，这点你一定知道了。"

我刚想生气，又一下子又忍不住"噗"一声笑出来，把啤酒喷得马丁满脸。就当作是故意的吧。然后，我看着他郁闷地拿一大叠纸巾擦脸。采苹双手插在她的细腰上，笑得花枝乱颤。

演出十点钟就结束。在马丁的催促下，我觉得自己有点喝不动了，不想喝了。采苹也喝了六扎，但是岿然不动，猜不出她的酒量有多大。

"你晚上跟我住吧?"我趴在她耳边,故意让嘴唇碰到她的耳朵。

"我们第一次见面,你好直接。"

"我当你答应了。我们喝完这一扎就走。"

[80]

回来的路上,采苹打了几个电话请假。看来她上的是晚班。

公寓楼下的小广场,还有很多人在乘凉,跳广场舞的人一点儿也没有想停下来的意思。已经十点半了,小广场的灯很亮。乘凉的人们看我带着一个漂亮姑娘走过,一个个瞪着眼睛看过来。

"为什么这么多人用奇怪的眼光看着我。"

"不知道,可能是你太漂亮,把他们震慑了。"

"你是不是和那个马老板说的一个样?"

"谁?"

"马老板说的。"

"哦,马丁。你别叫他马老板,听着怪怪的。"

"你是不是真的那么坏?"

"差不多。比他说的好不到哪里去。"

"坏是坏,倒是有一个优点,敢说实话。"

进了门,我没有开日光灯,只是开了台灯和廊灯。小广场上的扩音器还在叫,"苍茫的天涯是我的爱,绵绵的青山脚下花正开",我每天被这首《最炫民族风》炫得头昏脑胀。

床头上是小老头儿送的那幅画。采苹一进门就一直盯着那幅画。我找了换洗的衣服，先进洗手间。

我洗完澡出来的时候，采苹打开了日光灯，一直在看那幅画。

"怎么，你学画的？"

"这是你画的？"

"不是，一个朋友送的。一个老艺术家。"

"这画里面，右边那个是不是你？"

"是啊，你看他把我画得超级屌丝，愁眉不展，苦大仇深。"

"我觉得这幅画很眼熟。你觉得呢？"

"不知道。反正这种抽象画，画得又不一定像。"

"你没有发觉吗？"

"发觉什么？"

"你注意看左边这个？"

我端详了半天。一个意识闪电般忽然闪过我的脑海：不会这么巧吧？

"不是吧？"

我看着她，然后捧着她的脸，对照着那幅画，认真地研究起来。她的皮肤细嫩，触碰起来很舒服，让人舍不得放手。她不羞涩，也没有反抗的意思。

"看出来了吗？"

"你就是那天的那个模特？"

"嗯。那天，一个小岛上。"

"哈哈，人生怎么会这么巧？"

"是啊。"

"不过这个城市不大。阿姑说的，说不准我们有缘分。"

"说实在的,那天我们坐在一起,那天我就想……"

"现在也不迟。"

人生的快乐,有些时候来得太巧妙。"什么样的节奏是最呀最摇摆",随着身体摇摆的节奏,我第一次感觉那首歌不那么讨厌。

[81]

第二天一大早,我们就被楼下的一阵咒骂声吵醒。

洗漱完毕,我们决定下楼吃早餐,刚走出楼梯口,就被一群老太太团团围住。

"是不是你?"

"什么?"

"你们这些租户,太过分!"

我实在不知道自己招惹了什么。采苹被围在人群中,不知所措。我也没弄明白发生了什么事。老太太们不由分说,把我们这些租住户臭骂了一通,绝不善罢甘休的样子。肯定出了什么邻里纠纷的大事。但跟我有什么关系呢?

"我们要去吃早餐了,阿姨们。"

"事情没弄清楚之前,你们谁也别想走出这个门。"

"什么事情啊?"我一头雾水,我跟这些阿姨、婶婶们,平时几乎没有任何接触,也没有什么大不了的不良习惯,一般影响不到左邻右舍啊。

这时候,人群中有一个五十多岁的阿姨忽然发话。

"不是他们。他们昨晚十点多回来,手里空空的,没有提水煮鱼。"

"水煮鱼？"

水煮鱼和我有什么关系？这是什么乌龙啊。又有几个老太太作证，昨晚我是和身边这位漂亮姑娘一起回来的，手里没有提着水煮鱼。她们凭什么关注我，我带什么姑娘回来跟她们有什么关系。

而且，水煮鱼和我有什么关系呢？她们叽叽喳喳，我快被烦死了。闹了半天我终于明白了，原来，她们一大早来到这里，接上扩音器，刚刚准备开始跳广场舞，楼上一整盆隔夜的水煮鱼泼了下来。小广场上所有正在跳舞的阿姨们几乎无一幸免。地上一片狼藉，到处是水煮鱼的油和吃剩的鱼骨头、鱼肉、黄瓜、豆芽、鸭血。她们还穿着那身油乎乎的衣服，有的头发上、衣服上的鱼肉、鱼刺还没有清理，让人看了直想发笑。采苹没有忍住笑，被阿姨们一阵白眼一顿奚落。

"真的不是我们。"

我拉着采苹，找了个空，从人群中钻了出去。

"你们那栋楼的住户怎么这么缺德啊？"

"有果必有因。其实我也很想泼一盆水煮鱼下来呢。这些老年人，起早贪黑，每天跳个没完。最烦人的是那个'苍茫的天涯是我的爱'，每天都是那一首，我听得耳朵都要起茧了。再好听的歌曲这么听也会恶心。"

"原来这样。现在跳广场舞的越来越多。"

"你爱怎么跳怎么跳别人不管你。不要吵到人家就是。"

早餐是面线糊、油条。我喝了三大碗，每一碗都加一个鸡蛋。

"你这么爱吃鸡蛋啊。"

"你不知道吗?吃鸡蛋补精。"

"别补过头了。"

电话响了,恰好是小老头儿,他说昨晚打我电话打不通,他下午要办追悼会,要我不管如何,在南极北极都要飞回来参加。我告诉他我在美国,我从地心钻过来参加他的追悼会。他说就算我在美国已经变成尸体了,也得马上空运过来参加他的追悼会。

"你今天可以请假吗?我要去参加一个追悼会。"

"你参加追悼会我去干什么?我又不是你太太,而且我也不想看死人。"

"不是,是活死人。"

"你演恐怖片的?"

"不是。就是那个怪老头儿,画那幅画的小老头。今天请个假,一块儿去吧?"

"我白天不用请假,最近上晚班。"

"你上什么班?"

"模特公司。"

"哦,对。穿得少一点,摆几个姿势,就能赚钱的那种?"

"是又怎么样。你问那么多干吗?难道你真要跟我谈对象?"

"我觉得咱俩还真有戏。"

[82]

"先生,请问您今天喝什么酒?"在落地玻璃大厅的门口,我们被一个身穿红色旗袍的礼仪小姐拦住问道。她旁边摆着各色的酒,桌上甚至还有一台微型电子称。

"我？随便。"这个小老头儿也真是怪，客人还没进屋，就问人家喝什么酒。必须得选择一种，我选择了白酒。我想，今天肯定是老年人聚会，应景需要，喝点白酒吧。可供选择的还有轩尼诗XO、葡萄酒和德国啤酒。礼仪小姐要求采苹也选择一种酒，看我选了白酒，她也跟着选择白酒。采苹帮我提着一只花篮，到门口，我才把两条已经用毛笔蘸着白色广告画颜料写好的黑色纸条贴到花篮上：

小老头儿千古。

英雄不问出处。事实上，我和小老头儿互相都没有报过名字，我根据他的要求，前面加了"愚徒"的称呼。

"我们今天的悼念仪式，主人要求客人们根据自己的酒量喝酒，所以，我们必须登记您的酒量。主人要求参加追悼会的每个人没有保留，喝到七分醉的程度。"

礼仪小姐给了我一张卡片。这张对折的小卡片制作精细，正面是一幅水墨画，一轮明月，一棵笔直的松树，树下是一个小小的坟墓。打开卡片，我在酒量的格子里填下：五粮液，一斤。我如实地在本子上登记了酒量。

这时候，礼仪小姐开始倒酒。她先把一个长颈的玻璃瓶放在微型电子称上，正好100克，然后，她打开一瓶五粮液，往里面倒酒。450克。扣掉玻璃瓶，还有350克，七两，很准确。

采苹问我该怎么填。我跟她说你能喝多少填多少，按照实话填。她说自己的酒量不好拿捏，有时候可以喝很多，有时候很快就醉了。

"取个平均数吧。"礼仪小姐建议。

采苹也填上一斤，于是，礼仪小姐按照刚才的程序又操作了一遍。450克，连瓶子。

"桌上有小菜。等大家把手头上的酒都喝完了,追悼会才正式开始。"

我拿着酒,采苹提着花篮,准确地说,也可以叫作花圈。我们走进落地玻璃大厅。大厅里布置着两大排塑料花,我让她把花篮放下。这并不是一个真实的追悼会,大家看我真的带来花圈,面面相觑。已经来了十余位,大家各自找自己的熟人,选好一个角落,稀稀疏疏地坐着。这些人有的扎着辫子,有的戴着各式各样的帽子,有的甚至穿着居士服,挂着大念珠。桌子都很小,布置得像咖啡厅。音乐是交响乐,音响挂在屋顶上,一个个对着地面,应该是经过精心布置,可是我对交响乐这玩意儿一点儿也没感觉。

桌上摆着几种干果,一小包花生米。客人们各自啜饮着酒,并没有看到小老头儿。

大家各自闲散地喝着酒,一点儿也没感觉是追悼会的气氛。陆陆续续又来了几个人,大厅门就关上了。封闭的空间里,这时候音乐慢慢变得激越,从上面传下来的声音,上蹿下跳,变得更有穿透力。

这更像是一场奇怪的宴会,而不是追悼会。主人迟迟不露面,但是我们时刻感受得到他的眼睛,正盯着我们看,从墙壁上,或者从死亡的路口。如果不是事先说好的,这是一场追悼会,你不可能把这样的场面和死亡联系在一起。向死而生,人一有点年纪,对死亡的思考也更深刻。

我感觉到一双眼睛,正用戏谑的、轻蔑的方式看着大厅里的这群魑魅魍魉,而这其中,我和采苹是年纪最小的。置身于这个环境里,既陌生,又别扭。

"我感觉怎么这么奇怪啊。"

"这本来就是一场奇怪的追悼会。"

"画家主人呢?"

"死了。"

"死了?你不是说还活着?"

"他现在是活死人。他把我们请到这里来,是请我们来体验死亡,和对死亡的看法。当然,最重要的是说出对他的看法。待会儿肯定会有一个念悼词的环节。你到时候说什么?"

"我也要念?"

"是的,来到这里的每个人都要念。这是他想听的。"

"这是不是你们艺术家在搞什么行为艺术啊?"

"也许是,也许不是。"

小老头儿并没有出现。音乐忽然降低,一个声音低沉的女主持人穿着黑色的礼服,走到大厅的最中间。

"韩天的亲朋好友们,谢谢你们的到来。著名画家韩天在今天凌晨两点钟整,已经去世了。受他的嘱托,根据他的遗愿,我们今天举办这场追悼会。韩天先生生前要求,等所有客人把杯中物用完,我们的葬礼才正式开始。"

他的艺名叫韩天,但是他叫什么又有什么关系呢?人活在天地间,只不过需要一个代号罢了。音乐再次升起,周围有说有笑。音乐越来越大,变成了迪斯科。每一桌人互相都听不到别人的对话。

"我们俩就着这点干果把这么多酒喝了?"

采苹不解地问。她说,刚才要是知道这么个喝法,就要点葡萄酒,好歹没有那么刺激的酒味。

"你觉得陪我喝酒很无聊是吗?"

"不是,我觉得这么喝酒怪怪的。这老头儿真是极品。"

"人活着，年纪越大，本来就越稀奇古怪。人间极品很多呢，总有一天，我们也会成为别人眼里的人间极品。"

酒已经所剩无几，这时候电话响起来了，是一个陌生号码。

"你们刚才骂我人间极品？"

是小老头儿，声音故意装得很低沉和古怪。

"这里是地狱频道，欢迎接听和交流。"

"你在哪里？"

"美国纽约，也是天堂，也是地狱的地方。"

"瞎扯。在美国纽约你怎么能听到我们说你是人间极品。"

"我都听着呢。你看桌子上有一个服务牌，那是针孔摄像头。你们的一举一动我全都看在眼里。你看头上那些音箱，十六只大音箱，里面都藏着高清摄像机，切换台就在地下室。你们的一举一动我都监督着呢。你们的每一个画面和声音，我都从地狱里掌控着。"

"你都死了，还看这些干什么？"

"看你们怎么表演。你们才是今天的主角，我已经死了，没有办法当主角了。你看前面那一桌，那个长头发的，肌肉很结实的那个。"

那也是一个奇怪的老头，头发齐肩，已经有点发白，却穿着紧身衣，喜欢秀出自己的肌肉。

"你别看他这个身材，装什么装，以为这大把年纪了依然强壮、能喝。看他那么要强，你观察几分钟，他太不老实了，会把酒偷偷泼到墙角。这是一个老滑头，每次喝酒都那样，每次都吹嘘自己的酒量有多大。"

说着，我看见长发老头真的趁着别人不注意，将酒往墙角泼过去。动作做得十分自然,让人一点儿也不会察觉。

"你再看看那个穿居士服的,你看看他的脸色,枯黄,有点发黑。"

正如他说的。居士服就坐在离我只有三四米远的地方,我朝他看过去,他看到我正在看他,举起双手作揖。我回了个打招呼的手势,报以微笑。

"四五十岁的人了,你看他那脸色,一定是个变态狂,还穿什么居士服。"

我头脑里忽然产生一丝被愚弄的感觉。我不知道这个小老头儿,刚才是不是这样一个个给我们这些参加他追悼会的人打电话,然后这样一个个地奚落、笑话我们。而我只是其中的一个傻帽儿。他会怎么对别人说我呢?

一种耻辱感一闪而过。随即是另一种感受:我怎么这么小人呢?我怎么可以这么随便猜测怀疑别人呢?就算小老头儿真的这样又怎么样呢?从死亡的关口看过来,你的哪一个动作不是荒谬和毫无意义的呢?每一个人在别人眼里,都是另一个人。所以有千千万万个你自己在空中飘着。那些既不是你,又是你。那些你有的死了,有的还健在。有的正在垂死挣扎。你顾不了那么多,你如果非要看明白那么多个你,你会自己崩溃掉的。

"我看你总是心事重重的。"

"没有。"

"有,你一直这样。"

"你是艺术家,你们看人的眼神不一样。"

"你的问题也在这里。你既想当艺术家,又放不下架子,不能投入,不敢投入。你没有花足够的时间好好锤炼你的本事,一天到晚怨天尤人。你以为自己很努力了，做人做事，其实远远不够，你浪费了太多时间，脑袋也没弄明白。你用怀疑的眼光看别人，你以为你也是用怀疑的眼光看自己。其实没有，你过于肯定自己。你得放下架子，好好过日子，好好生活，不要端那个臭架子。你号称欲望很少，但是你这个东西想要，那个东西也想要，所以最后什么都没有要到。我还活着，还年轻的时候也这样。你得给自己做减法，知道吗？减法，小学老师教过的。"

我喝了一大口，酒不烈，但是一大口下去，还是辣辣的。

"别喝醉了，慢慢来。你的问题就在那里。你心里总想着自己和别人不一样。这么想没有错，问题是你太把这个当真了。这个想法不错，但是很傻，你知道吗？人就那么回事儿，你能跟谁不一样，能有多少不一样啊？哪条路最后走下去不都是死啊？放下你的架子，量好你的身段。"

我不知道是不是该插上一两句话，但是我想，今天是他的悼念日，还是让他继续说下去吧。

"每一条路都是通往认知的道路，通过音乐、绘画，或者通过小说、诗歌，认知的道路，那只是千千万万条道路中的一条道路而已，通向终极世界的道路，有无数条。你如果是一名理发师，通过理发刀，也能到达彼岸；如果你是一名石匠，你也可以通过石头和凿子到达世界的彼岸。彼岸知道吗？它就在那里，你只要用心生活，用心做事，好好做人，你就可以到达。没有必要一定要求自己做什么，怎么样。做什么都可以，不要端着臭架子，年轻人。"

已经失业有那么一段时间，我不知道自己在干什么。目前，我是一名私家侦探，没有执照，也没有固定的工作场所。作为一名没有职业资格证的侦探，我只服务一名客人，然后，接完这一单，我也不会再有可以延续的单子。但是我到底想干什么？我也不知道。人有时候就是这样，你要是知道自己想干什么就好了。

"不要自以为是，不要太把自己当一回事，不要以为你比别人聪明，厉害。没有那回事，你再厉害也就是一尊肉身罢了。有上等智慧和智慧低下的人，最容易接近道，得道，上等智慧的人够聪明，一点即通，下等智慧的人跟着你，信你，找对路了，一下子就在认识上登堂入室。中等人，这个就麻烦了，要不断去生活中折腾，你得折腾，才能不断认识、不断否定自己，用刀子刮自己，你得把自己刮得鲜血淋漓，才能在认识上有所进展。遗憾的是，只有极少数人是拥有上等智慧和下等智慧的。很遗憾，你不是那少数人中的一员。"

我自己的酒已经喝完了，我将采苹的酒倒了一半过来，喝了一大口。音乐很大，很嘈杂，我感觉自己的脸辣辣的。小老头儿挂了电话。我感觉自己刚才像做梦一样。酒是凉的，喝下去才会热起来，越大口喝下去，热得越快。

"你什么朋友？聊得这么投入。"

"追悼会的主人。"

"他怎么还没出现？"

"他今天不会出现了。"

把采苹的酒也喝完，我已经有点走不成直线了。简朴的宴会上，大家都喝得有点儿感觉了。音乐变成哀乐，在主持人的引导下，一切按照正常的追悼会仪式进行着。每个人都被要求说一段悼词。我也不知道自己说了些什么。反正，我想到什么就说什么。我大概只记得一两句感谢的话，还有几句话属于自我忏悔，跟他好像没有什么关系。我想，我来这里根本不是在悼念他。

我在悼念我自己。

[83]

追悼会结束,已经是大中午了。从小岛上回来,一直是采苹扶着我。

事实上,我没有醉得那么厉害,我还走得动。不过,有一个人靠在你身边,而且是漂亮妞,她扶着你,牵着你的手,那种感觉十分舒适。我想,我醉得恰到好处。

刚下船,手机就又响了起来。我以为又是小老头儿。最近,我已经很少接到电话了。手机一拿出来,是母亲打来的。我把手机塞进兜里,回去再给她回电话吧,我知道她又要唠叨些什么。

电话还在响,我只好接起来。

"儿子,我老太婆摔断腿了,在医院,你要不要过来?你别着急,小事情,手术已经做完了。"

[84]

母亲躺在床上,白色的纱布缠着她的腿。姐姐在一旁玩手机。

"我没发生点什么事情,都见不到你们了。"

母亲虽然有点责备的意思,不过嘴角一直带着微笑。看到采苹跟我一起来,她笑得最开心,一点儿也不像摔断腿的人。她应该是把采苹当我女朋友了。我一身酒气,但是已经清醒。母亲竟然没有责怪我，大概也是因为采苹在的原故吧。

"怎么不第一时间通知我？"

"知道你很忙。我老太婆搞定自己再通知你不是很好？"

"你有事的时候可以随时通知我的。我是你儿子。"

"也对，你是我儿子。不过，社区志愿服务队那些小伙子更像我儿子，我看你长得不像我。"

"妈妈，对不起。"

"没事。我不是好好的？就是不想麻烦你，谁让你一直不找女朋友。怎么样，你们什么时候结婚？"

母亲问得那么直接，采苹的脸红红的，一时不知道怎么回答。

"不结婚。我们先生两个小孩儿再结婚吧。"

我知道，这么随便开一下玩笑，母亲会更开心。我知道她接下来要说什么，每一次见面，我们说话的内容永远是那一些。不过，这次有点不同，我带了个女孩子来看她。采苹看我这么回答，对着我耸耸肩，露出会意的浅浅的笑。

姐姐去提水，出去之前，她朝我使了一个眼色。她猜出来了，我带的不是女朋友。她的意思是要我继续将这个角色扮演下去，这样母亲会开心一点儿。她现在一天到晚烦恼的就是我的婚事。

"不行，这婚还是要结的。"

"让我多换几个小姑娘试试看，看哪一个最好。我以后一个个带过来给你认识，你帮我挑挑看，你看行吗？"

就让她损一损我吧，只要母亲开心。

"你敢再换的话，以后我把你的腿打成我这个样子。"

我已经有好几个月没有见到母亲了。我不想跟她谈工作的事情。我不习惯说谎话，我一说不着边的话，母亲一下子就能看出来。我希望她一直关注的是采苹,这样拿不准我可以稍微缓解一下说谎的心虚。

没错,她拉着她的手,让采苹坐在她的床边。她真把采苹当作未来的儿媳妇了。我终于知道为什么有人愿意租一个女朋友回家。有些时候,你为了让自己减少麻烦,你得学会哄人,学会柔软地生活,特别是对你至亲的人,你有义务、有责任让她们开心。

我不希望和母亲谈我工作的问题,她受不了我的辞职。她希望自己的儿子有一个安稳的生活,不太奔波。她不希望我富贵,希望我可以生活得简单一点、快乐一些。但是简单和快乐多难啊。我也希望自己能这样子,可是,我到底是一个怎样的人呢?我连自己都不知道。就像小老头儿所说的,我应该给生活做减法。减法,我也在尝试,但是我的减法做得太差。多么蹩脚的数学方法啊。

[85]

最近楼下的广场舞已经消停了,水煮鱼起了至关重要的作用。八点钟,手机就响了,也就是说,我在美梦里只待了四五个小时。

忘了关手机,打进来的是一个陌生电话,一股莫名的火气从我的脚底板上升。

"哪来的神经病,这么早打什么电话?"

我以为是骚扰电话,一拿起手机就骂道。让我意外的是打电话的是黄大军,他也没有生气。

"起床,上班了。这都什么点了,起床尿尿上班。你的侦探工作能不能做得专业一点儿?"

"有消息了吗?"

"有。你半个小时到我单位,我早上有空,直接带你去取监控。"

这是一个乡镇储蓄所。我跟在黄大军后面,进了储蓄所的办公室。监控调出来了,但是很模糊。乡村储蓄所的监控设备不太好,加上是夜间取款,更看不清楚。这是年初的监控,画面里的曾阿娇带着一顶帽子,应该是那种头顶还有两个圆球的羊毛帽子,装也许化得很浓,整张脸都是白皙的,带着一个黑边框的大眼镜,应该是时下姑娘们流行戴的那种没有镜片的太阳镜。

"这一点儿都看不清楚。"

"没办法,我们这套监控设备很多年都没有更新了。"储蓄所的工作人员递了烟过来。

从明细上可以看出,她取款存款的次数并不多,但是一存进来的都是三四万块钱一笔。卡上还有五六万块现金。

"请问这个储户是不是犯了什么罪?"

"这个你不用管。我们不会泄露信息的。"

黄大军说话的时候一副居高临下的样子。警察都有这个职业病,随便碰到一个什么场合,都把你当作犯罪嫌疑人对待,说话冷冰冰的。黄大军眼下的职业病还没有病入膏肓。

我们拷贝下这段素材,复印了一份身份证姓名为曾婷的这张银行卡的明细,走出了储蓄所。

"怎么样?我带你去放松一下。"

"你个警察也敢去放松?"

我知道他是要带我去调查一下附近的黄色场所。银行斜对面就是一家盐浴店。虽然才接近中午，但是店门已经开了。我随着大军走进去，值班的经理一下子就认出黄大军来。经理礼貌地走出来，跟黄大军握手。显然，他们很熟。

"黄警官今天来放松一下？"

这一带事实上不归黄大军管，不过刑事案件管辖，可以跨越区域，因此，各处按摩店他都熟悉。如果不是遇上严打，派出所一般也不会出动来扫黄，就算遇上严打，大家也都消息灵通，大门紧闭。就像我要寻找的曾阿娇，她没有身份证，是黑户，但是她也应该跟每个人一样，光明正大地活着。她也许是另外一个星球的人类，在这里借居。你只要是个人，就要有身份证，你要努力当一个有身份的人。

黄大军对那名经理下命令："他有指定的姑娘，你给他安排好了，好好招待。"

黄大军的话让我一头雾水，我哪里有什么熟悉的小姐，这个地方我从来没有踏进半步。

"你不是和那位叫作曾什么的很熟？你上次不是说……对了叫曾阿娇还是什么曾婷的，你不是跟人家很熟？"

黄大军朝我使了一个眼色。遗憾的是，经理说这个人半年前就辞职了，没有在他们这里上班。黄大军继续咄咄逼人地盘问，也没有问出一个子丑寅卯来。

"你帮我问一下，这个人的电话号码和住所。三天内给我。"

"我知道您是来办案的，我们一定全力配合。"

经理在一旁陪着笑脸，一再解释说他们这里的姑娘来去自由，而且电话号码更换频繁。他拿起手机，拨了几个号码，都是停机的电话。经理走进姑娘们的休息室，一会儿又出来，再次拨打了几个电话号码,还是没有一个能接通的。黄大军脸一下子拉了下来。

"给你三天时间,把这个人的住所和电话号码给我。我不逮捕她,只是有一个案件需要她配合调查罢了。你放心,我不会找你的麻烦,也不会找她的麻烦,只是一个口供需要她来做一下就可以。"

[86]

电视上报道的依然是那些东西。两名亲兄弟,因为一条三十米长的乡村小道,结下梁子,大哥用锄头将弟弟和弟媳砍死。这件事最近在泉城传得沸沸扬扬。谣言最怕传,社会上充斥着各种版本的小道消息,哥哥中邪了,将弟弟剖腹,肠子都抽取出来了。最近到处都在传这个事件。新闻报道讲出真相,像是为了辟谣。事实是,弟弟拿着一把刀,将哥哥砍伤,于是哥哥挥舞起锄头,悲剧就发生了。兄弟相煎,本来不至如此。杀人案往往起于瞬间的一个念头。

新闻提要里提到的中学教师强奸案放在最后一条。我认识那个中学语文老师,平时也写点小文章,偶尔见诸报端。他人不错,看起来挺朴实的,喝酒很豪放。但是人有时候很奇怪,犯罪就在一念之间。我不知道语文有什么好补习的,但是案件发生了。

"我真不知道她还未成年。"

这句话是我们在采访未成年强奸案嫌疑人时最经常听到的话。虽然有的女孩子发育很早,特别是在食物结构和营养都比较充足的现在,她们看起来有点成熟。但是法律不管这个。事实是:你犯罪了。

每天都有类似的案件发生。

还在上班的时候，我几乎从来不打开房间的电视，也不在公寓里上网，我故意让自己与这些东西保持一定的距离。但是现在，我是一个无业闲散人员，我有大把大把的时间用来看报、看电视。文学和哲学社会科学类的知识只有在你精力充沛或者闲得实在没事可干的时候才看得下去。

我想，如果下个月我还没有去上班，我得去申请失业救济金。这是不小的一笔，几千块，够花一小段时间。

凌晨一点多，迷迷糊糊中，电话响了，是短信。大军发过来的，是曾阿娇的一大串电话号码和居住地址。

看完手机，我立即拿起公寓的座机拨通电话。我知道，这个时候的曾阿娇，正在上班，如果不是很忙的话，她应该不太厌恶骚扰电话。

大军发过来的电话有六七个，我逐一拨打，不是没人接，就是已关机。好不容易终于拨通了一个。

"你好，您是曾阿娇女士吗？我是平安保险公司的专员，恭喜您中奖了，您前段时间在车站买的汽车票上了保险，恭喜您获得了我们公司福利抽奖二等奖，奖金是三千元。"

"三千元？"

"请您将您的电话号码、姓名、身份证号码和银行卡卡号告诉我。"我故意将电话号码说在前面。

"我电话号码和姓名你们不是已经有了？"

"哦，对。那请您将您的身份证号码和银行卡卡号告诉我。"

"下半夜了还行骗，你个死骗子，变态！"

对方挂机了。

挂完电话，我走到阳台上抽了一根烟。有一些事情看起来很麻烦，但事实上并不需要大费周章。我想，这件事该告一段落了。曾阿娇出现了，我忽然感觉有点失落。这段时间以来，我一直希望能找到这个身世特殊的女孩，但是，当她真实出现，真有其人的时候，你觉得一下子就没意思了。这只是一桩生意。

如果我不继续去上班，接下去我还得想点别的营生。我本来想自己去会会这个让我找了这么长时间的女孩，但是，当她的声音真实地通过电话传过来的时候，我一下子觉得没意思了。

这段时间一直寻找的这个小姑娘，我要以什么方式和身份见她？以嫖客的身份？或者以一个侦探的身份？我见到她又有什么好说的？

多么荒谬的事啊。我打开窗户，外面微微有点冷，风一吹进来，头皮微缩。这个时候，你不想当一个清醒的人都难。我倒了一杯轩尼诗，然后将大军的短信转发给姚先生。我想，他应该不介意我这个时候打扰他。

一分钟左右，姚先生打来电话。

"谢谢你。不知道你花了多少时间和精力，我就知道找你是找对了。"

"你可以这个时候给她打电话，她还没睡。但是她现在应该不在住处。"

"我明天再给你打五万块。"

"你不用那么着急。等你认了你女儿以后再给我打也不迟。"

"没关系的。"

"你们团圆了再寄也不迟。我的劳务费已经够了，这五万你不给也行。"

"怎么能这样。我明天就去打款，等我们团圆了，我再好好酬谢你。"

"祝你好运。"

[87]

第二天一大早,姚先生就给我发短信,说钱已经打到卡里了。

我给母亲打了个电话。她一直都起得早。母亲还在问采苹的事,我告诉她,我正准备换个女朋友,下次给她带一个更漂亮的,要不直接给她抱一个孙子回去。

事情告一个段落了,我想,我得给自己安排一趟旅游,像学生时代一样,背上一个书包,走到火车站,随便在窗口买一张票,去哪里都可以,只要是马上可以出发的车票就好。我已经十来年没有这么潇洒自在过了。卡里还有一点钱,这点钱,只要花得不过分,我想,它够我花一阵子了。

我决定去一趟半月庵。天色还早,阿姑正在蒸馒头。她用筷子夹了一个热气腾腾的馒头给我。

"怎么样?"

"挺好吃的。"

"我问的是那位女施主。"

"她?挺好的。"

"怎么样?要娶她吗?"

"不知道,可以再试一试。"我说完忽然发觉自己有点说漏嘴了。

"不用试了,你也老大不小。人家姑娘还小,挺单纯的。"

"阿姑,我也不老,也挺单纯的。"

"你们最近有没有联系?"

"有几天没联系了。"

"你给她打个电话。"

"我没有存人家电话号码。"

"你这个人太粗心了。我去打,我问她今天有没有空过来。"

阿姑去打电话了。在这件事情上,她表现得比我还情绪高涨。

午饭是馒头配地瓜叶。刚吃过午饭,采苹就出现在半月庵了。阿姑在庵里做法事,我们一起陪孩子们玩了一阵子。有时候,我也不知道自己为什么有这么大的耐心。在半月庵以外,我总是一副玩世不恭的样子,但是一到这里,我感觉自己内心清静了许多。看着孩子们在这里快乐地生活,看着阿姑拼了老命在维持这个大家庭,有时候一种莫名的感动油然而生。世界上值得感动的事情太多了,我不知道自己为什么喜欢偶尔来这里走走,而且能这样坚持下来。这对我来说算是一个奇迹。

我想,随着年纪的增长,我应该要么变得更有耐心一点儿,要么就干脆变得一点儿耐心都没有。我已经黏黏糊糊过了这么长时间。要换种方式生活和思考。人有时候总是这样的,你不能为自己的每一个行为作出考量,可是当你能为你的行为做出考量的时候,没有同时为自己年龄的变化作准备,那么,你就会变得十分被动。年龄在变,随着身体的衰老,你的思考也会变化。你无法预知未来,但是你可以决定自己的生活状态,就在现在。

"怎么样,你要不要配合一下阿姑的愿望,我们去结婚吧。"

"我发现你这个人有点儿神经质。"

"你是不是觉得有点儿神经质也挺不错?"

"不仅神经质,还特别自恋。"

"自恋不好吗?"

"好。你真是太好了，要不要租一排高速公路边的那种户外广告牌，把你照片登上去告诉全世界的人，你是最好的。"

"这个创意不错，哪天我发达了租几条高速公路的广告牌，推销我自己。"

"你真是太自恋了。"

我们有一搭没一搭地闲扯着。阿姑在厨房里，透过玻璃窗，时而抬起头来，笑得很开心。估计她很为自己牵的这条红线沾沾自喜。

"我们不要辜负了阿姑。"

"你那么自恋，首先不要辜负你自己就好。"

孩子们在写字，有几个喜欢书法的孩子已经能用纯中锋临写《颜勤礼碑》。采苹坐在庵门口的石墩上，时不时拿起手机看一看，有电话进来她也不接，直接挂掉。孩子们临写很认真。

"你好像有心事。"

"你那么自恋还有闲工夫管人家的心事。"

"没有。我主要是观察你一下，如果你真有心事，我就可以趁虚而入，这样成功率比较高。"

"你要什么方面的成功？"

"你知道的。"

这种闲扯淡，只能很小声，不能让孩子们听清楚，当然也不能让阿姑听到。我在这里是一个善良的好小伙儿，我得把这个角色扮演得严丝合缝。

最小的那个孩子把墨盘打翻了。墨水喷了她半张脸，衣服上也都是。采苹在那里笑得腰都弯了。她走过来，把孩子带到水槽边上，将她的衣服脱下来，换上新的，兀自在那边洗衣服。

我开始给孩子们做示范，一个一个示范过去。大约半个小时过去了。

"喂。"

采苹忽然大声喊。她坐在石墩上。

"你是叫我吗?"

"那你以为我是在叫里面的佛祖吗?"

"你不知道女孩子不能坐在这石墩上吗?"

"为什么?"

"你没发现吗?这是一尊风狮爷。女人不能坐在它的头上。"

"谁规定的?"

"小心风狮爷不高兴。"

"喂,你晚上有没有空?"

"你这算是正式约我吗?"

她心情好像不太好,从她的眉宇间能看得出来。

"没空就算了。"

"机会这么好,我怎么能错过呢?"

"晚上我请你吃饭。"

"这个可以有。"

[88]

晚饭在月牙湾附近,全桌都是海鲜。中午吃了一顿素食,我吃肉的欲望大增,狼吞虎咽起来。采苹也是,我们比赛吃螃蟹,一盘花珞四只,她干干净净地吃完两只,我一只还没完成。

吃过饭,我们沿着海滩往月牙湾酒店散步过去。天色尚早,太阳还在海上挂着，水波很耀眼。我们散步到月牙湾酒店，我先进去开了一个房间，她坐在沙滩上等我。

坐在沙滩上，我们聊起了过去。我跟她聊起了乡村生活，这似乎对她有一定吸引力。她对我的事情比较感兴趣，静静地听我讲各种童年的傻事。

八点钟，沙滩上的人渐渐少了。

"你的童年真不错。"

"你呢？说说你的。"

"我没有童年。"

"每个人都有童年。"

我摩挲着她的长发。她微微向我这边靠过来一点儿，一切都那么自然。

"对了，我看你有心事，说来听听。"

"也没有什么心事，我们女人每个月总有那么几天。"

"你不是吧？"

她伸过手，将我的眼镜摘掉。

"你能不能吻我一下？深情款款的。"

"这太矫情了。"

"你就不能配合一下？我知道你打心眼里瞧不起我。"

她把脸转过去，手抓起一把沙子，然后在手指尖一点点漏掉。她一直重复着这个动作。

"你可以更自信一点儿。"

我把她搂了过来。我可以感觉她的身体在颤抖，然后，我的肩膀湿了。十分钟左右吧，她放开了我。

"你书法那么好，教我写名字吧？"

"这里又没有笔,待会儿回去再教你。"

"还读书人呢,用手指在沙子里就可以写了嘛。"

"你真名叫什么?"

"我有很多名字,我也不知道哪个是我的真名。"

"哪有这个道理。那你户口簿上的名字叫什么?"

"我没有户口簿。我是'黑人'。"

"你平时叫什么?"

"有时候叫曾阿娇,有时候叫曾婷,有时候叫采苹,据说是《诗经》里面的篇目。"

我感觉自己的身体在颤抖,手指也在颤抖,头皮已经发麻,额头正在冒汗。海风渐渐凉了下来,月牙儿已经上来了。我的手在颤抖,写在沙地上的字一遍一遍被她抹平。

"我以后想改一个名字,以前那些名字,没有一个是快乐的。"

"你的名字都挺好的,每个名字都该是快乐的。"

"你说我改名叫什么好呢?你比较有文化,你帮我取一个好不好?"

"你叫采苹就挺好听的。"

"那好吧,但是我以前姓姚。"

"那以后叫你姚采苹好了。"

"随便你。要不我们回去吧,你可能有点冷,我发现你的身体一直在颤抖。"

[89]

到了酒店大堂,我走向服务台,打算再开一个房间。采苹,哦,不,是曾阿娇,她拉住我。

"不要再开了。"

"算了,我还是开一间自己睡吧。"

回到房间,她先进去洗澡。我像一个战战兢兢的小偷,把她的包打开,拿出了她的钱包。没错,那张署名曾婷的银行卡就放在她的钱包里,有且仅有一张银行卡。

她光着身子走出来,边走出来边给自己围上浴巾。

我冲进浴室,迅速打开淋浴喷头,让热水肆意冲刷着我的身体。

"你神经病啊?"

她出现在浴室门口,我这才发现自己没有脱光衣服,而水出奇的烫。我的心里有无数只"草泥马"在奔腾。

回到床上,关了灯,我像一只非洲雄狮一样,疯狂了起来。忽然我想起一件事。我伸手摸着她的鼻梁之间。没有,那里没有一颗痣。然后,我摸摸自己的额头,抓抓自己的脸。我还没有疯掉。

"你在干吗?"

"我感觉你的鼻梁间好像不太平整。"

"你这么神经质吗?"

"我就是这样的人。你的鼻梁间真的不平整。"

"是的,我以前鼻梁间有一颗痣,后来做了模特儿,摄影师叫我去美容医院把那颗痣点掉了。观察人家的鼻梁是你的癖好吗?"

"什么?"

[90]

我一晚上没有睡觉。我感觉自己的失眠症更加严重了。采苹睡得很好，也许，她真的累了。我穿好衣服下楼，发动了汽车引擎。

我在车上给姚先生打了一个电话。我也不知道自己要对他说些什么，我只知道，我得给他打个电话。

"谢谢你，记者先生。女儿我找到了，但是她不愿意跟我见面说话。"

"给她一点儿时间，她会接受的。"

"我昨天再打她的手机，她已经关机了，我不知道她还会不会开机。"

"给她一点儿时间，她会接受的。"

"但是她肯定不会原谅我的。我也不能原谅我自己。"

"给她一点儿时间，她会接受的。"

我不知道，除了这句话，我还能跟他说什么。我把车速提到120码，直奔黄大军办公室。

"你脸色不对。"

"再帮个忙。"

"你不是已经找到人了？"

"上一个户口多少钱？"

"这关你什么事？你帮人家找到人，事情不就结束了。"

"要花多少钱？一个户口。"

"我感觉你今天不太对劲。是不是对方威胁你什么了？"

"不要问我。告诉我，花多少钱？！"

我想咆哮。我知道自己脸色肯定很难看，但是我装不出温和的表情。我也没有那么多耐心去伪装一副好的表情。

"什么名字？"

"姚采苹。"

[91]

还是姚先生的电话。我摁掉。过了五分钟,他又打了过来。

"对不起,我不应该再麻烦你。人找到了,但是她始终不愿意接我的电话,我发了很多短信,她一条都没有回我。你是记者,社会经验丰富,也许你有办法。"

"八万。"

"什么?"

"八万。"

"你缺钱是吗?没关系。我可以转给你,我本来就想再转一笔钱给你。"

"不是。你女儿没有户口,是'黑人'。得帮她上一个户口,也许钱能买一个户口。"

打完电话,我给采苹发了一条短信。

[92]

"你最近一直都关机?"

"没有。最近遇上一点儿麻烦事。"

"你得上一个户口。"

"我没有出生证明,什么证件都没有。"

"没关系,我帮你。"

"要花很多钱吧?"

"没关系。你别管"

"我钱不多。"

"没关系。"

"那我不够的,就先欠着你的。"

"可以。"

"你为什么要帮我?"

"既然阿姑都帮我们做了介绍,我好歹得有一点儿表现。不然以后跟阿姑没得交代。"

"你不会爱上我了吧?"

"暂时还没有。"

"你做人口德不能好一点儿吗?你假装一下爱上我也行啊。"

"好吧。但是我得先研究一下,你是不是富婆。白和美你都有了,就差富这一点了。"

"你以为你是谁啊?口气太大了,难怪都大叔了还单身。"

"我觉得你有潜质成为富婆,我慢慢考察一下。"

"我怎么能成为富婆?我又没什么有钱的亲戚朋友。算了吧,你还是把照片登高速广告牌征婚去吧。"

"这个意见确实不错。不过我还是觉得你一不小心就会成为白富美。"

"没机会了。我才不想这种没有可能的事情。对了,我新换了一个电话号码,你要不要记一下?"

"要。"

"有一件事我得提醒你,你不可以爱上我。"

"没事,我不会。"

"那就好。喂,你这个人怎么这么直接啊?"

[93]

"她还是不接我的电话,而且停机了。"

"你为什么要找这个女儿?"

"我的癌症已经晚期了。医生说再过两三个月,我的行动能力就很差了。"

"你为什么要找这个女儿?"

"我都要死了,就一个愿望没有还。我生了这个女儿,但是没有抚养她。我死了也难瞑目。"

"但是你把她送人了。"

我不应该对一个和死亡离得这么近的人以这种口吻说话,但是我实在提不起精神来,我没有必要在别人面前掩饰我的厌倦。

"这就是我的心头病。我要尽我的一点儿责任,如果可以的话。我打算给她留一笔财产。我希望她的后半生衣食无忧,可以过上好日子。我这个做爸爸的已经没有时间弥补了。"

"她要是真的不认你了呢?"

"没关系。我只要把钱给她了就安心一些。"

"你不怕我随便找个人忽悠你?"

"不怕。死都不怕了,还有什么好怕的。我一个垂死之人,我相信你不会这样。"

"她脸上的那颗痣已经点掉了。"

"没关系。她六岁的时候,我才把她送走的。她肯定有一点儿记忆,我的女儿我肯定认得出来。"

"我明天会给你一个她的新手机号码,到时候你联系她。这以后,你就不要再找我了,我也会把手机号码换掉。"

"为什么?"

"你还相信我吗?"

"信。"

"信你就照着我说的做。如果对我有什么不信任的地方,你可以去找大龙再把我调查一番。"

[94]

户口终于办了下来。拿到自己的身份证,她丝毫没有掩饰自己的激动之情,在户籍科就深情地吻了我。

"我请你吃饭吧,你想吃什么?"

"可以。你请的话你定地点。"

"那还是我们在一起的地方?"

"半月庵?"

"不是。月牙湾酒店。"

"酒店很贵。你是富婆吗?"

"请你吃一顿饭的钱还是有的。对了,多少钱?"

"两个人,至少五百。"

"我问你办这个户口多少钱?"

"你别管。"

"那我欠你一个人情。"

"可以。"

在去月牙湾酒店的路上,我将车停在一家银行门口。

"你没有银行卡,我觉得你应该办一张银行卡。"

"我有银行卡。"

"你没有身份证,哪来的银行卡?"

"不对,我觉得你好像调查过我。"

"是的。那天你的包没有拉上,你去洗澡的时候,我看你的包里只有一张银行卡,用得很旧了。我猜那张银行卡肯定是你亲戚的。"

"你太过分了。"

"好像有点过分,你怕吗?"

"不怕,你又不是豺狼虎豹。我觉得你好像挺了解我。"

"你不喜欢吗?"

"哼,不喜欢。不过,真的谢谢你。"

[95]

吃完饭,我们在沙滩上散步。我想,这应该是我最后一次跟这个女孩子在沙滩上散步了。人生很快,很短暂。有些时候,你做完一件事,得马上再找第二件事做,你不能让自己闲下来。但是人生到处都是矛盾,你明明喜欢悠闲,却也害怕真让自己闲下来。

"我终于有自己的身份证了。你知道我多开心吗?"

"祝贺你。"

"'祝贺你'这三个字听起来冷冰冰的。"

"热烈祝贺你。"

"半月庵的神明很灵。"

"怎么说?"

"我每次去添油的时候,看着那些可怜的孩子们,心里都在想,我要是能有一个自己的家,一个自己的身份,那多好啊。"

"恭喜你。你很快就都实现了。"

"你不可以爱上我,我说认真的。"

"我尽量不。恭喜你了。"

"是啊。等我出嫁的那一天,到时候你要来祝贺我。我现在很有信心,我一定会把自己嫁出去。"

说着,她大叫一声自己的名字,将自己的手机扔向大海。她以为我会表情怪异,不理解。但是我没有,我把自己的手机递给他,你再喊一声,把我这只手机也扔出去。

"真的?"

"真的。"

"我这只手机不用了,我已经有新手机了。我可不是在发疯。"

"我也是。以后我也不再使用这个手机和这个手机号码了。"

"你不是逗我玩的?我智商不高。"

"不是逗你玩的。"

"那我真扔了?"

"你扔吧。"

然后,她又大叫了一声我的名字。两只手机都沉入海底,没有声音,浪花将它们的过去淹没。

[96]

"我们打开窗子,让月光透进来,你觉得怎样?"

灯关了以后,采苹忽然这么问我。

"你喜欢就好。"

"今晚很特别。"

"只要你喜欢就好。"

"你会不会觉得我很放荡?"

"没关系。只要你自己开心,管别人怎么看。"

"可以这样吗?"

她疑惑地问我,她的睫毛很长,眼角带着忧伤。我吻着她的额头,睫毛,鼻子还有耳朵。月光下的爱抚,让人觉得欢乐,又不免带着淡淡的哀伤。

"你是有知识的人,你会骗我吗?"

"大骗子一般都是有点儿知识的人。"

"那你是不是?"

"我希望我是,但是有时候也希望我不是。"

"你说话经常让人听不懂。"

"没办法,我脑子有问题。"

"知识分子,我考你一个问题。"

"什么?"

"你说给地球一直加热,最后它会变成什么?"

"火球。"

"太没有想象力了。"

"变个球。"

"晚上不许说粗话,再猜猜。"

月光洁白。没有窗纱的月光,看起来更让人安心。窗台很宽,躺下来尤其舒适,海风静静地吹着,我们的背部都冰凉冰凉的。

"还是不知道。"

"你真笨。我告诉你吧,最后会变成一个透明的玻璃球。因为地球里,硅的含量很高,它烧起来,最后就会变成一个透明的玻璃球。"

"这个说法很有想象力。"

"然后因为天是蓝色的,它还会是一个蓝色的玻璃球。"

地球燃烧了,最后会变成一个蓝色的玻璃球。

[97]

看着她睡得很沉,我轻声走下床来。我打开她的包,从里面取出办银行卡的票据,静悄悄地穿上衣服。

我发动汽车引擎。夜晚的滨海路,一辆车也没有。月光洁白,尽管没有路灯,但是能看得见海的颜色。我摇下车窗,虽然发动机的声音很大,但是仿佛能听见海的声音。

回到家里,我给姚先生的手机发了一条短信。

[98]

我收到一个邮包。包裹很大,两米见方,邮件是从美国寄回来的。打开一看,有十来幅油画,里面还有一张纸条。

你收到我这些画的时候,我已经归西了。我到美国进行治疗,在医院里看到你们为我做的追悼会,其实那是真的追悼会。我很开心,在人生的最后一小段里,认识了你这个放荡不羁又颇有理性的小伙子。这些画你没钱花的时候就卖掉,不要舍不得。世界上没有什么东西是有价值的,任何事物,它只有对你有用,才有价值。这些画卖掉的话,钱应该够你后半辈子花了,省着点花应该是够的。你花那些钱的时候想一想这个曾经认识的老朋友就好了。条条道路都会通向死亡的圣殿,不要犹豫,你有这个天赋,找一条路走下去,走到黑,路就清楚了,虽然也就到头了。再见了,小伙子。

[99]

凌晨的动物世界酒吧已经没有人了,只有马丁自己和他的小徒弟。

"怎么样?找到了没有?"

"找到了。"

"这么顺利?二十万有没有收到?"

马丁给了我一个扎啤,我一口气喝了下去。这时候,胃里正需要一点冰凉的东西。

"全部收到了。"

"你现在也是款爷了。是个什么样的女孩子?"

"你见过。"

"上次你带过来的那一个?"

"你能不能只喝酒不要说话。"

我把扎啤杯远远扔了出去。杯子很准确,砸在玻璃窗上。马丁的小学徒拿着扫帚,呆呆地站在店里。

"帮我订一张票,马上。随便哪里的火车都可以,最好是马上就可以走的。"

[100]

"我的银行卡里为什么有那么多钱?"

"你应该知道。"

"你为什么不早告诉我?"

"我也不知道。"

"我见过他们了。"

"祝福你们。"

"我已经离开了。我不会认他们的。"

"他已经癌症晚期了。"

"这和我认不认他们没有关系。"

"也是。"

"你怎么不问我在哪里?"

"你在哪里?"

"你问得很敷衍。"

"也许吧,我喝醉了。"

"我在一趟火车上,火车已经到了一个很远的地方,我也不知道在哪里。"

"祝贺你。"

"成为白富美?"

"不管怎样。"

"你怎么不问我去哪里?"

"你去哪里?"

"我不告诉你。待会儿我们通话结束之后,我就把手机扔到窗外。"

"你很酷。"

"你在哪儿呢?"

"我也在一列火车上。"

"去哪里?"

"我也不知道。我随便上了一列火车,随便它开往哪里。"